AF351004

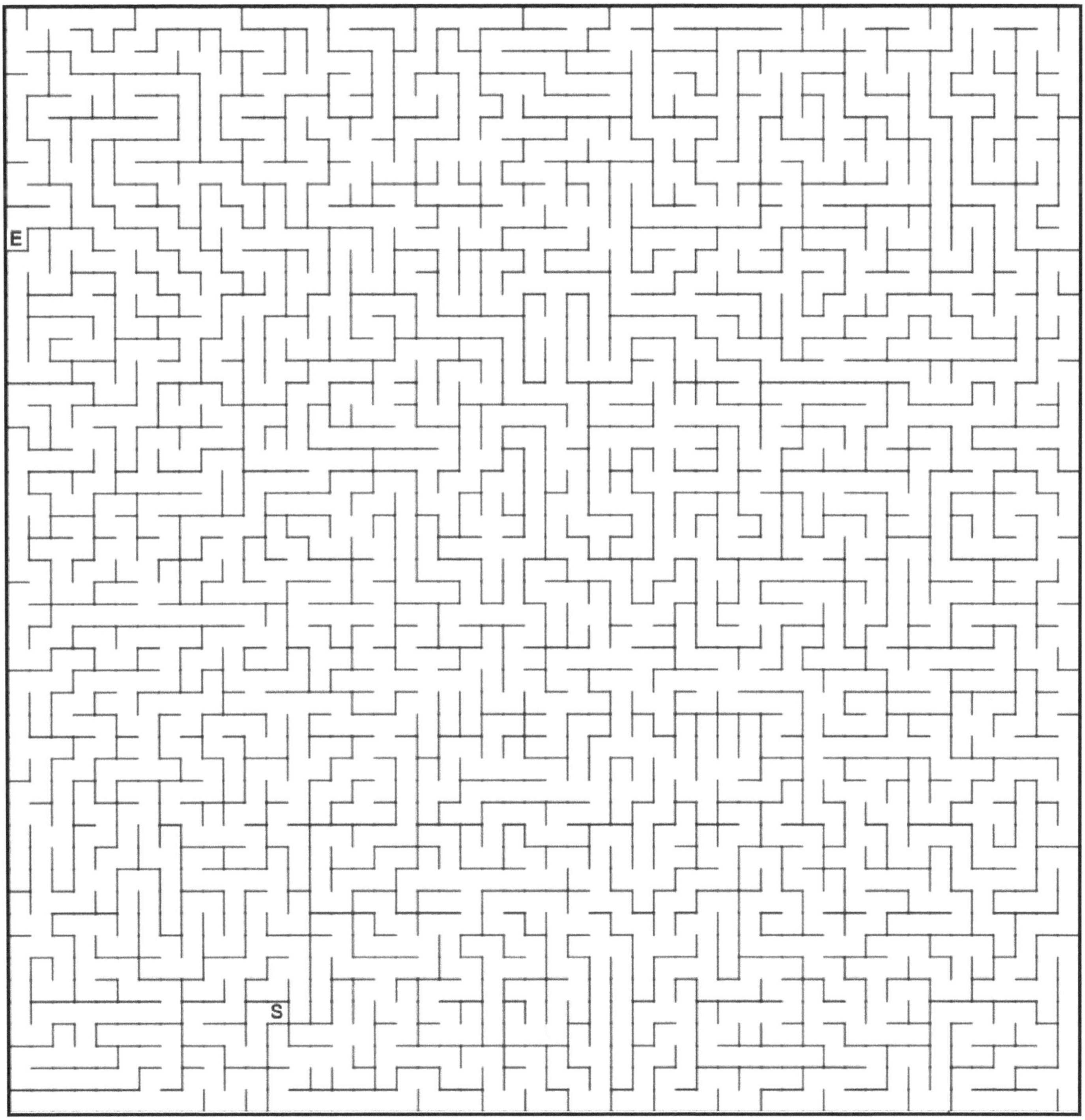

E

S

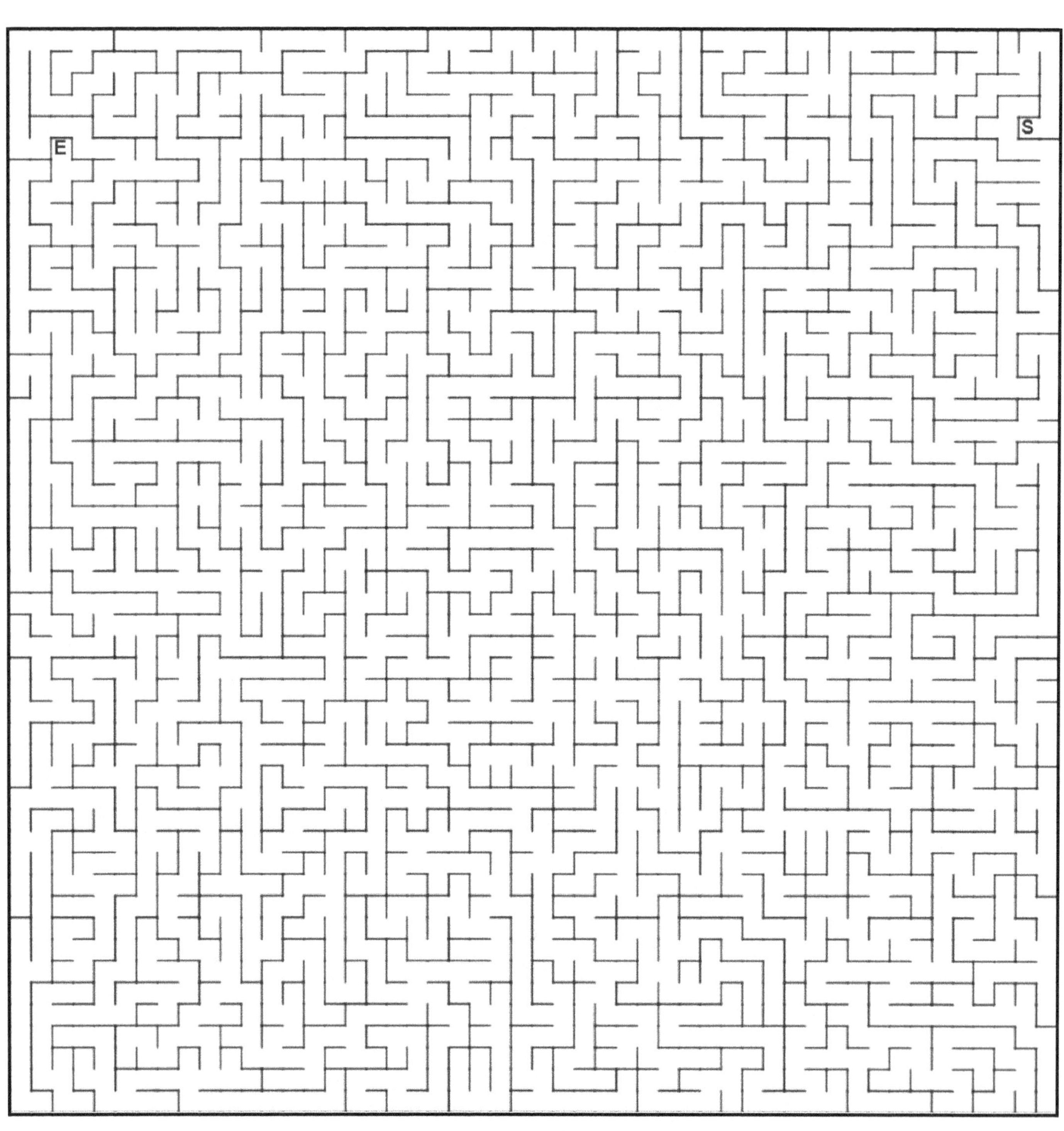
E
S

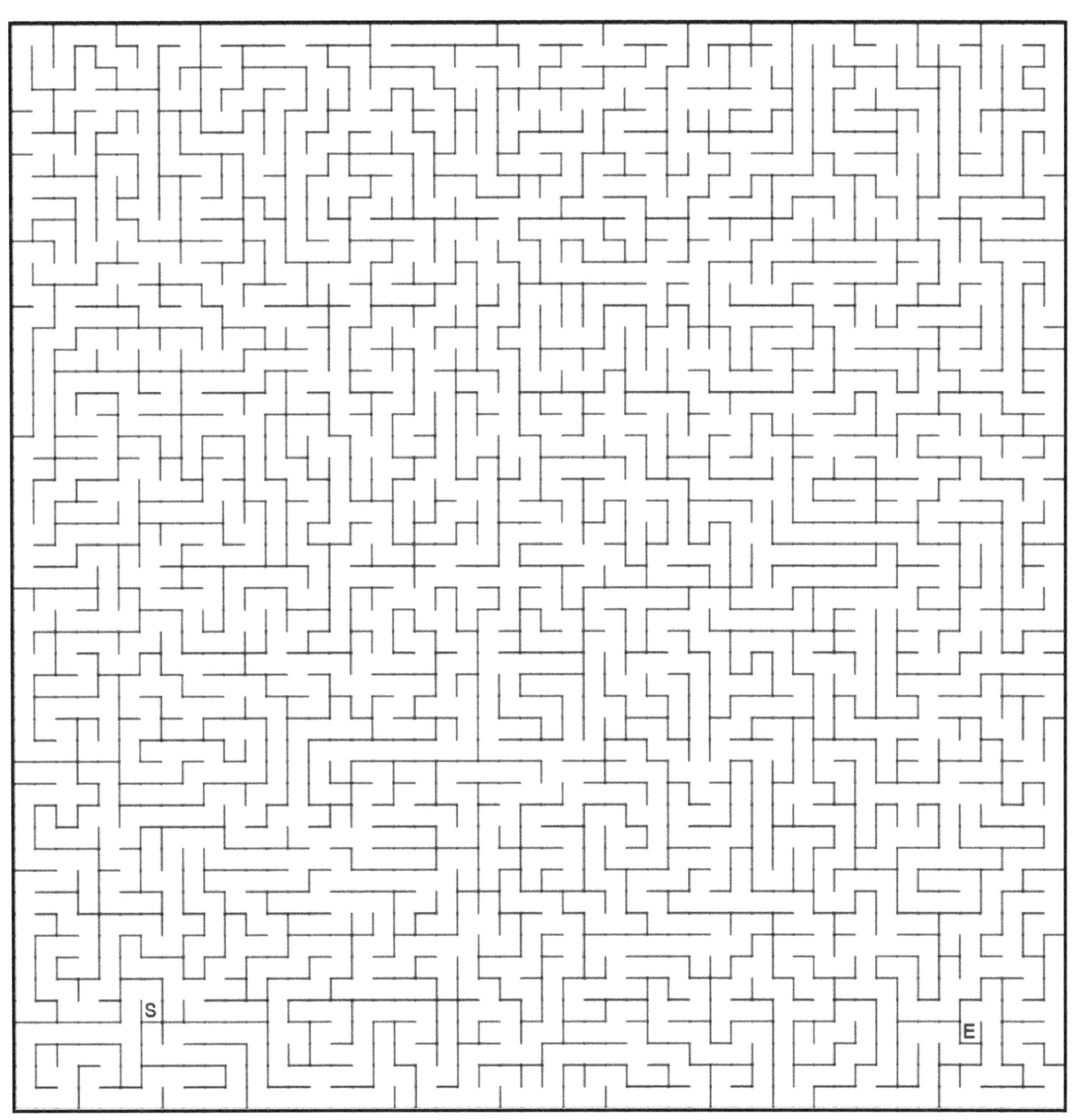
S
E

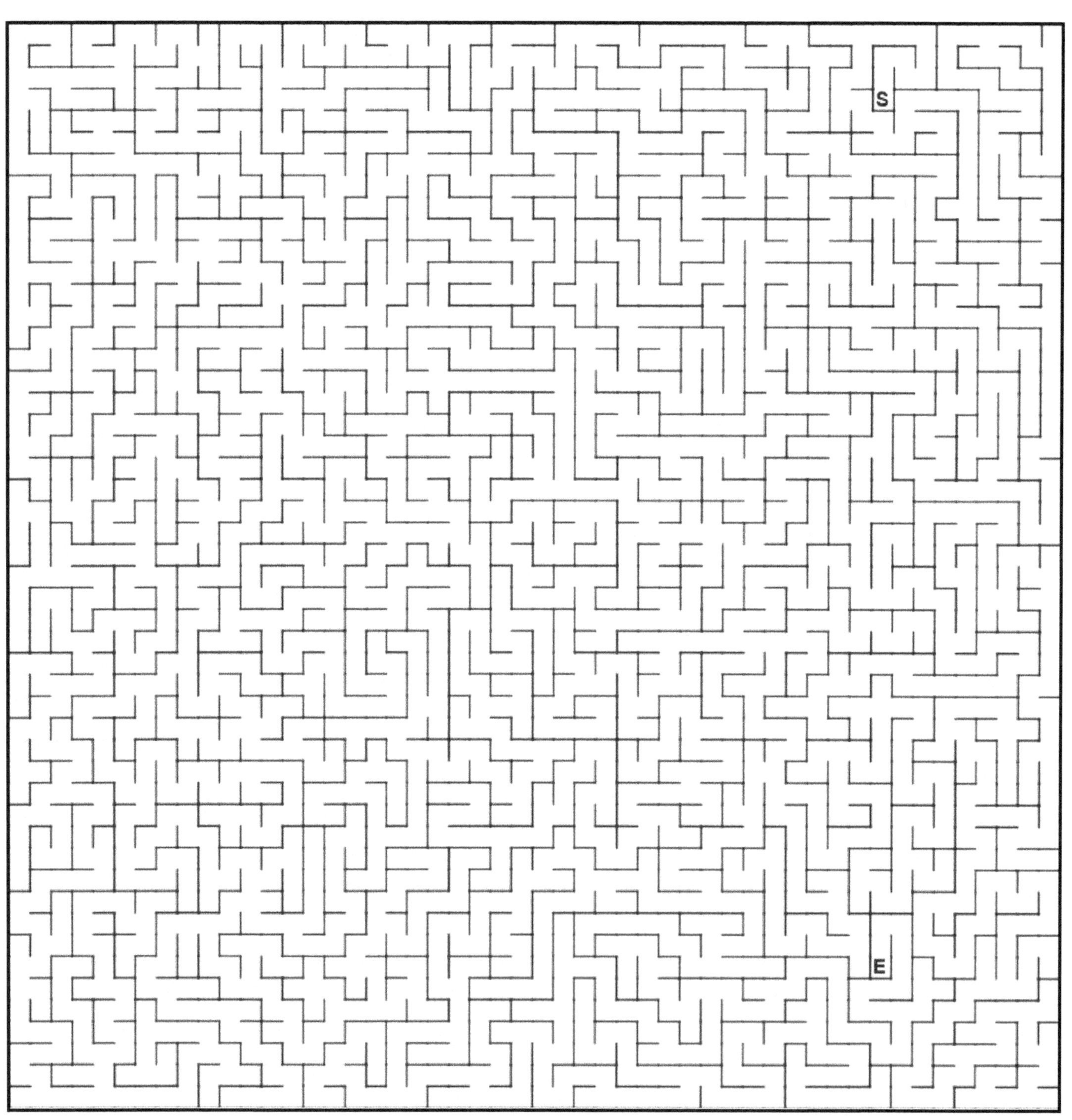
S
E

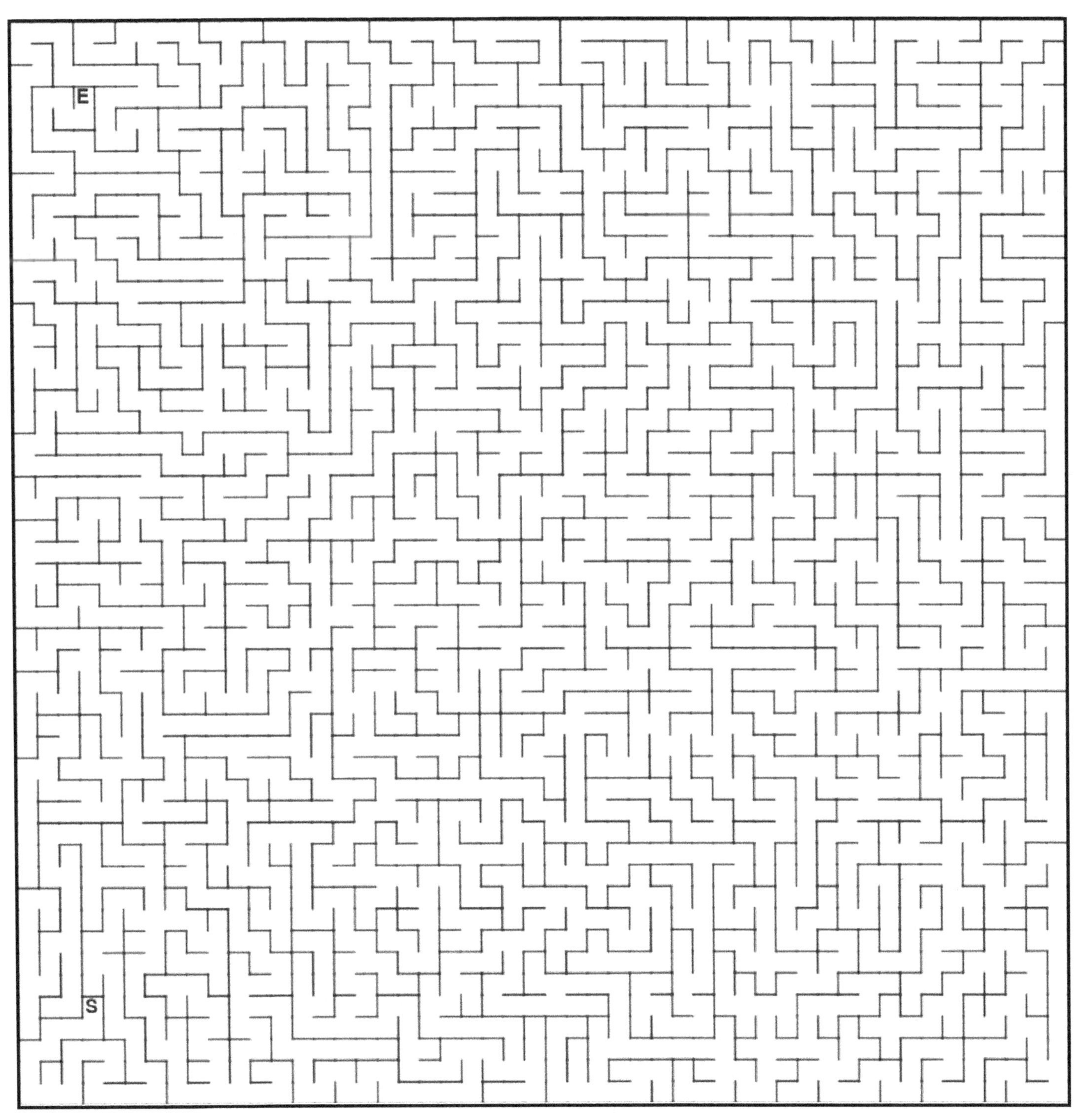

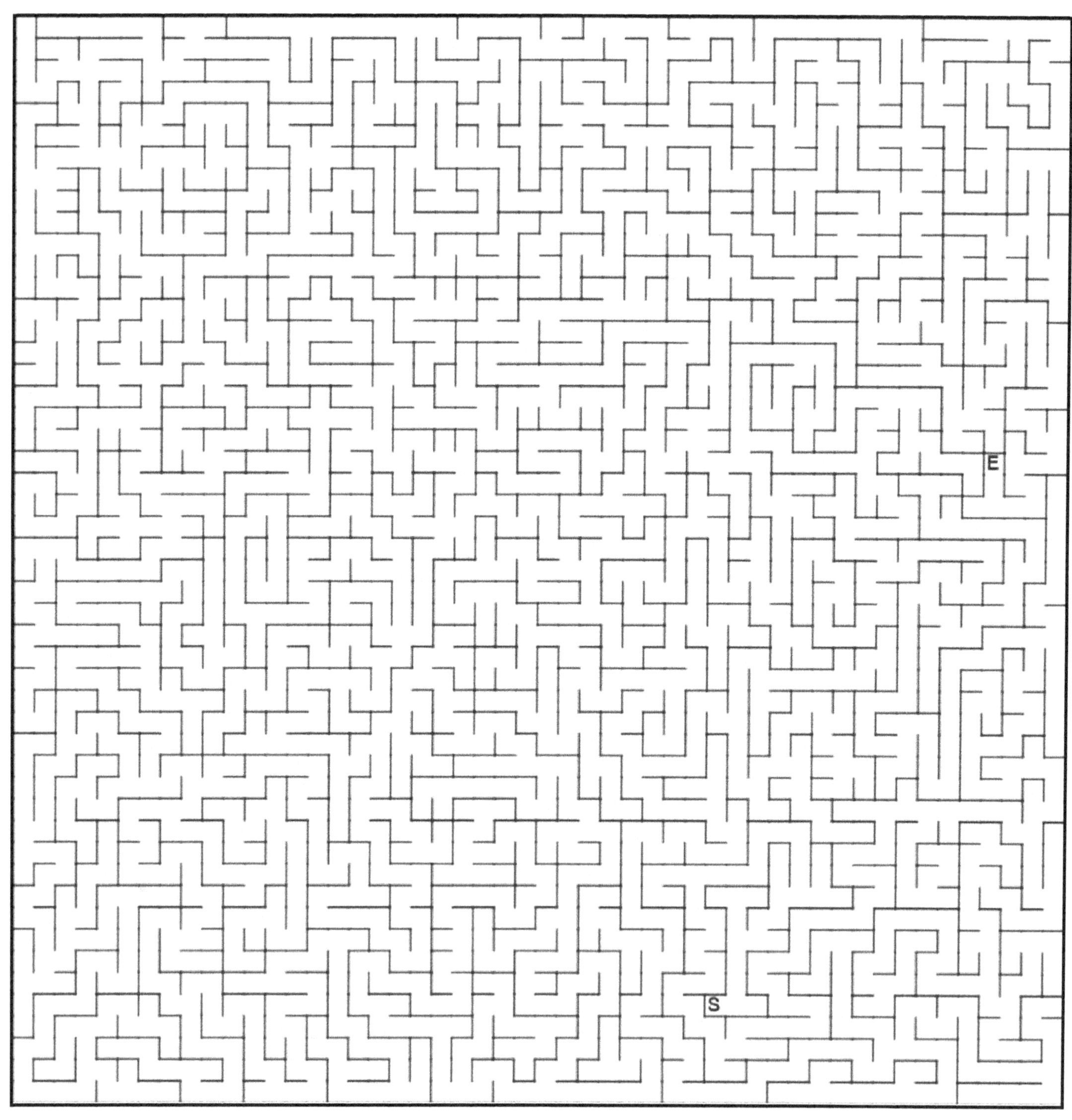

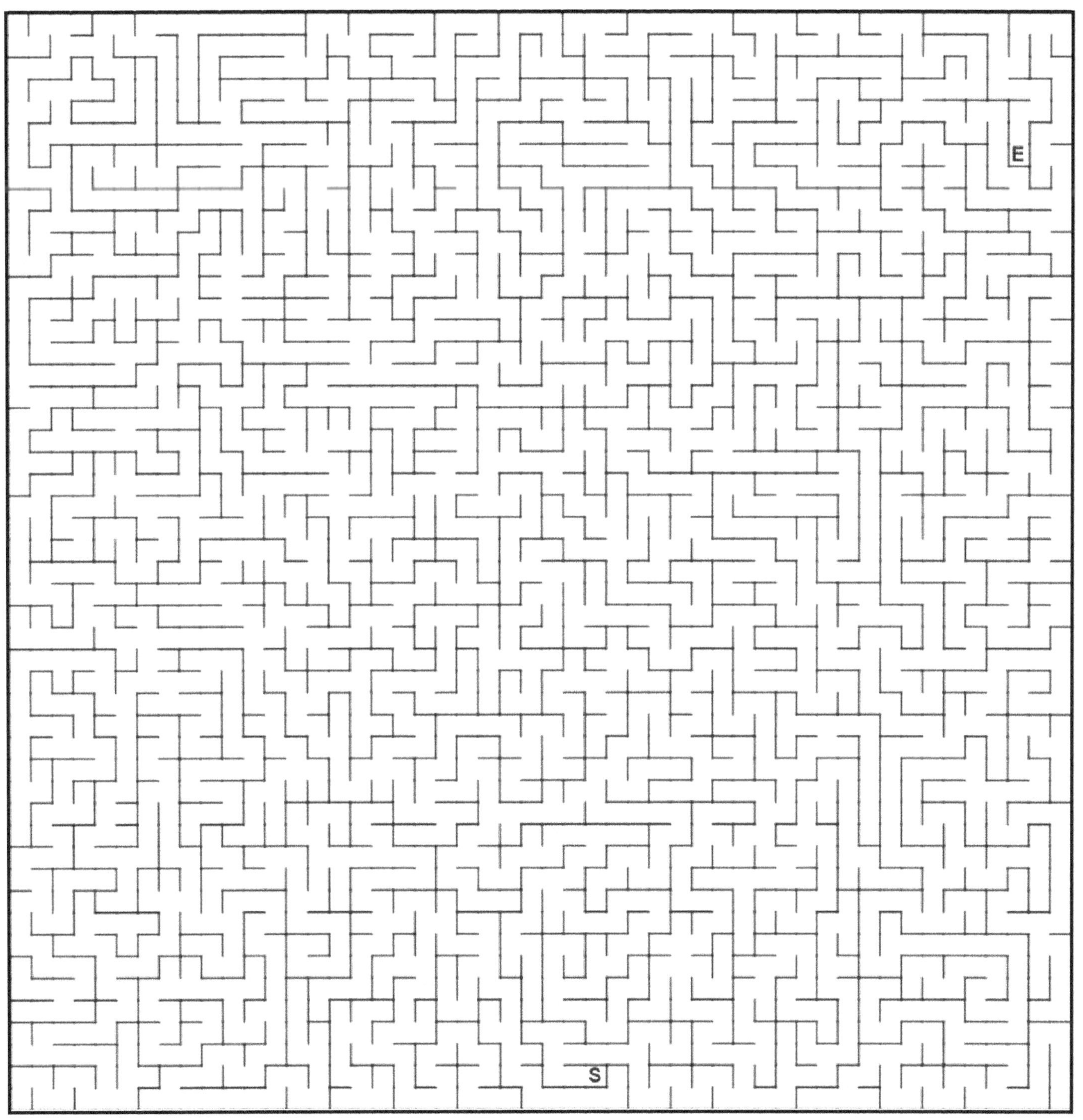
E
S

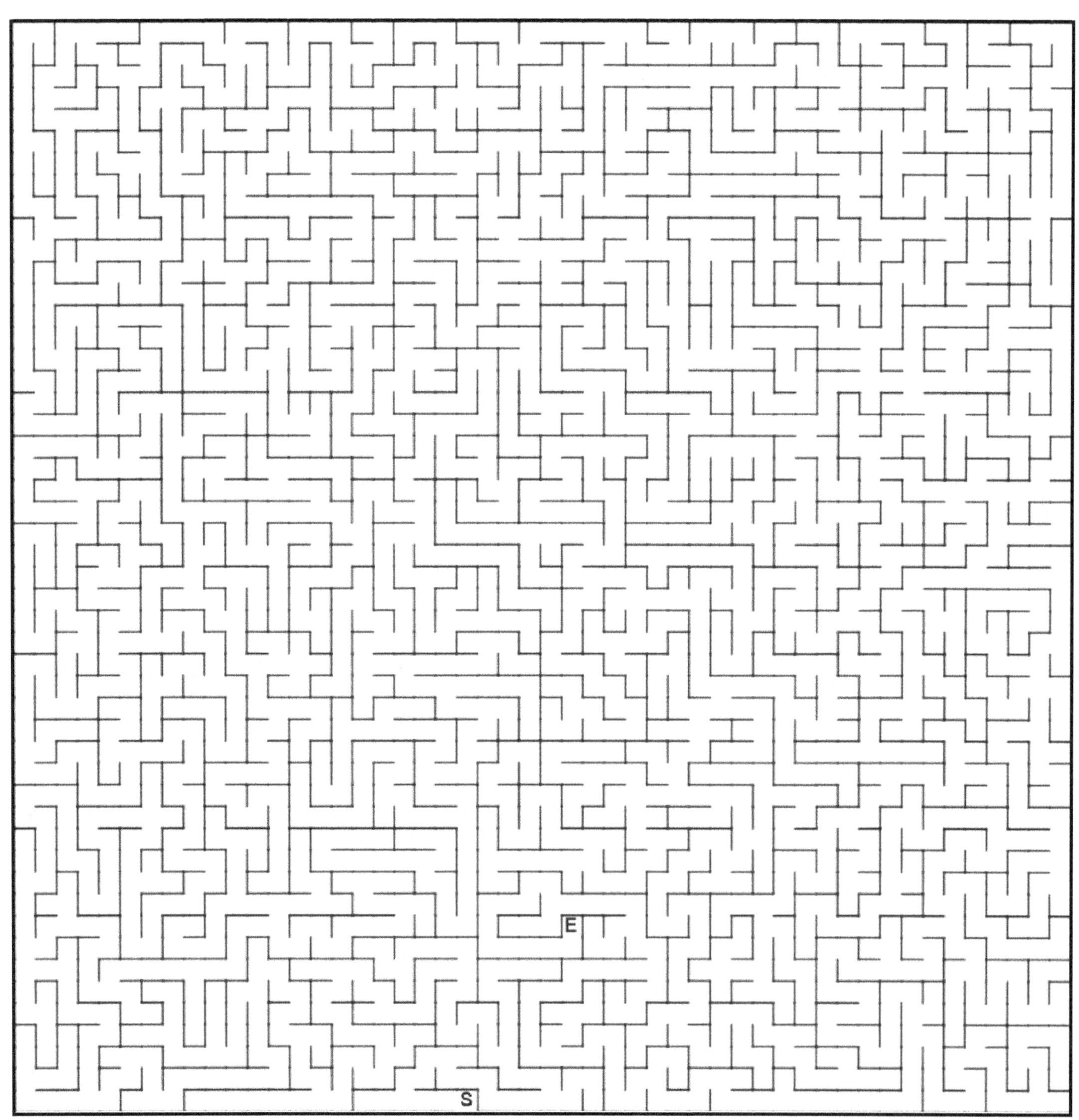
E
S

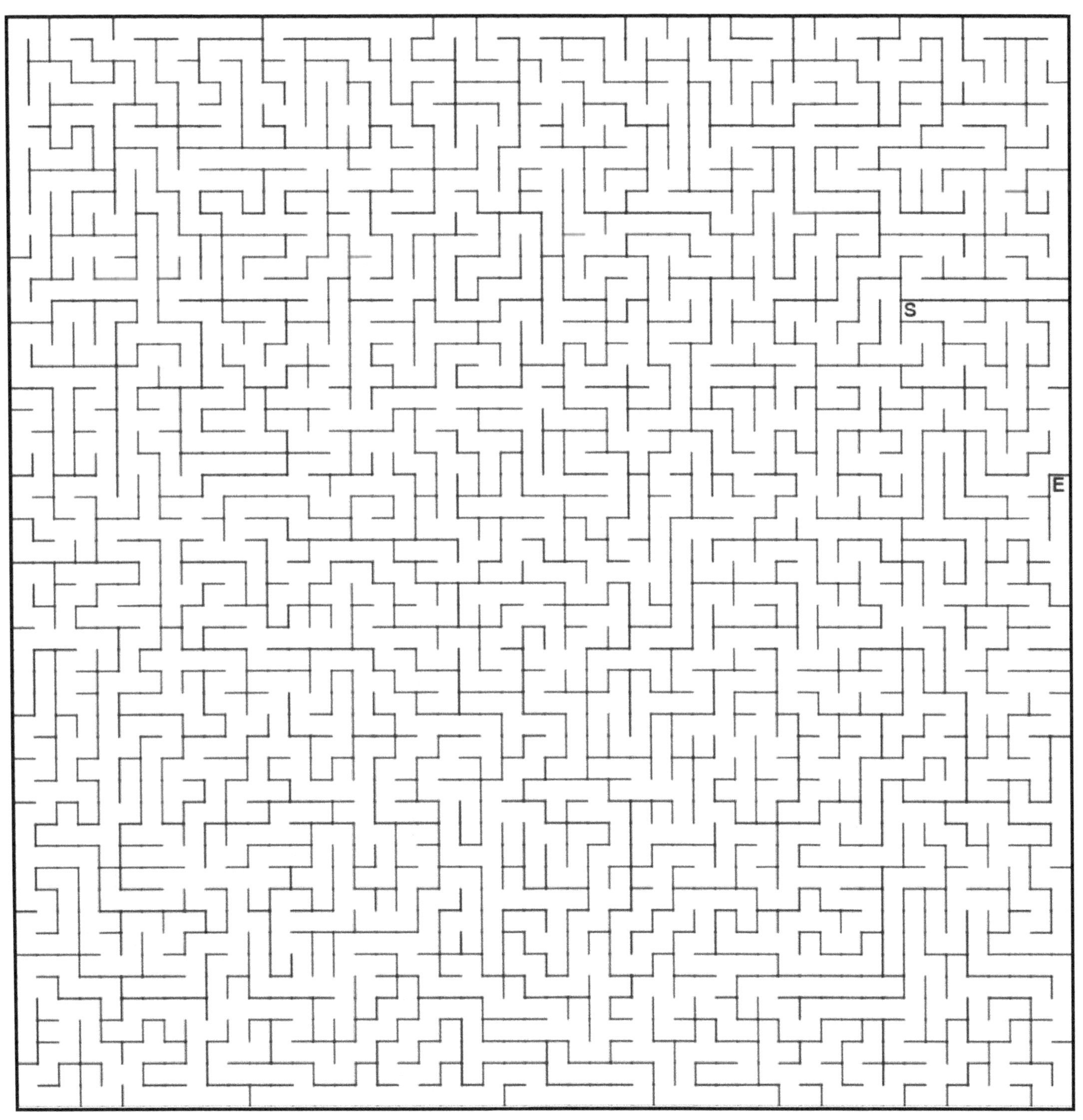

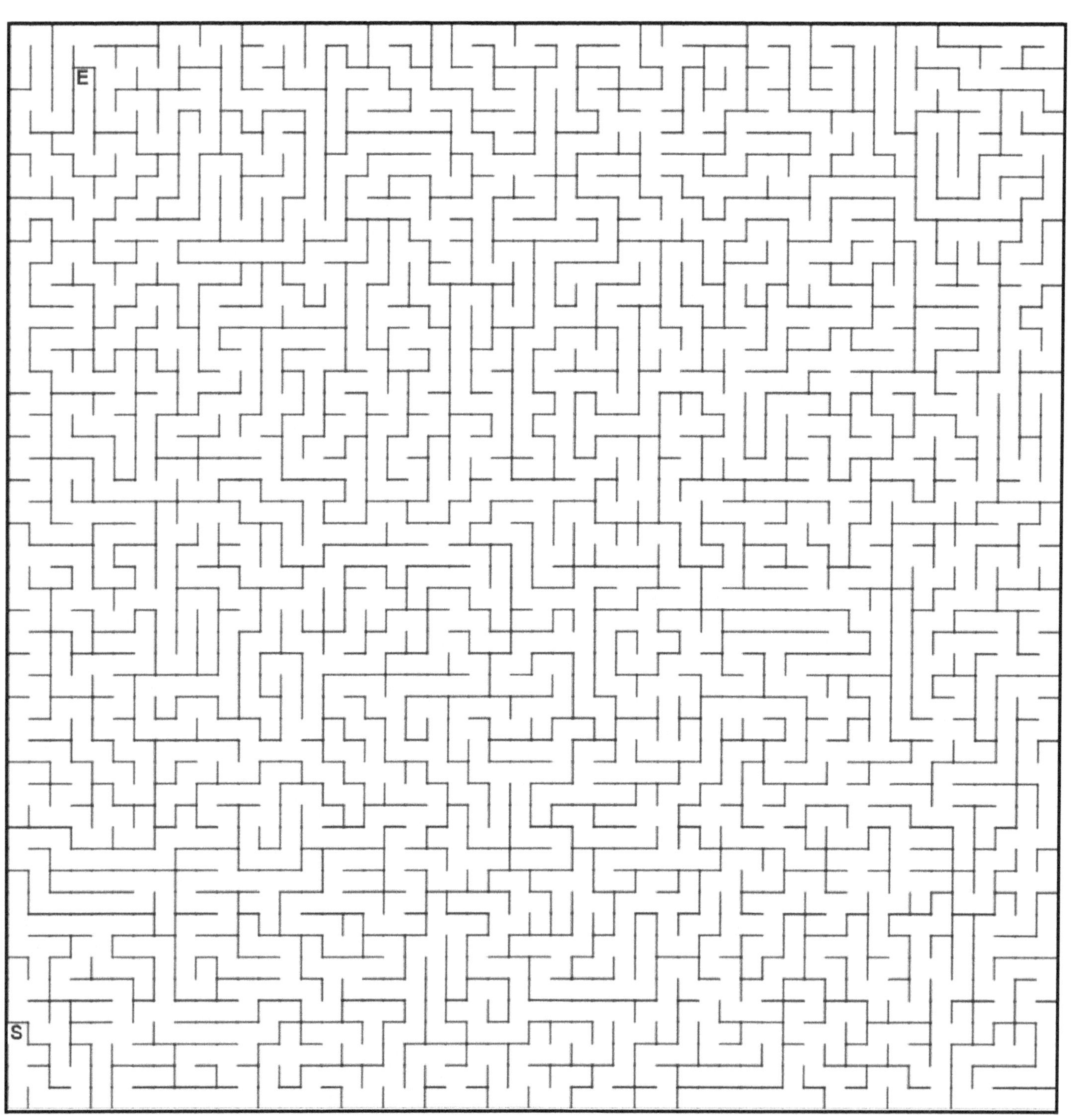
E
S

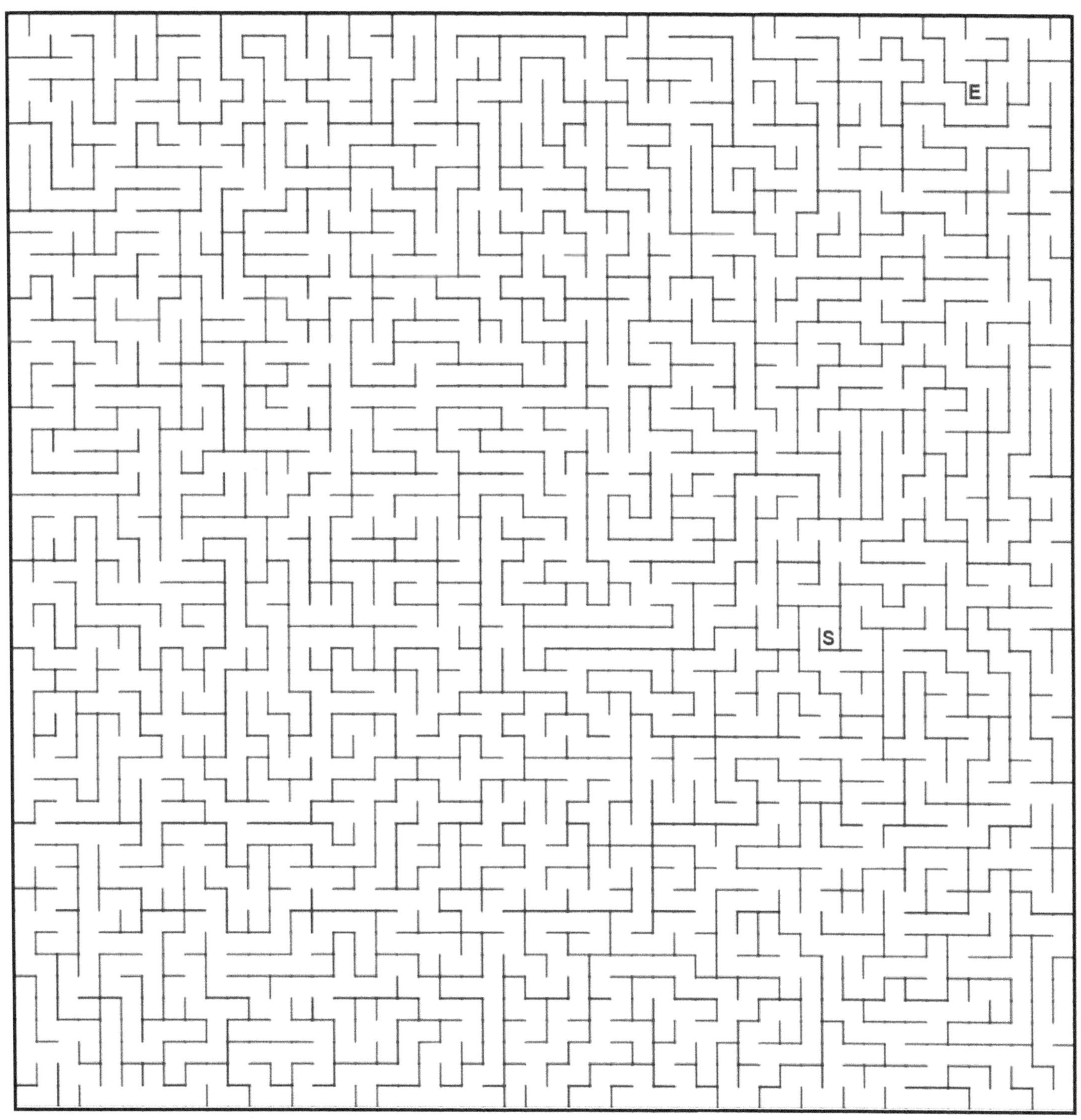
E
S

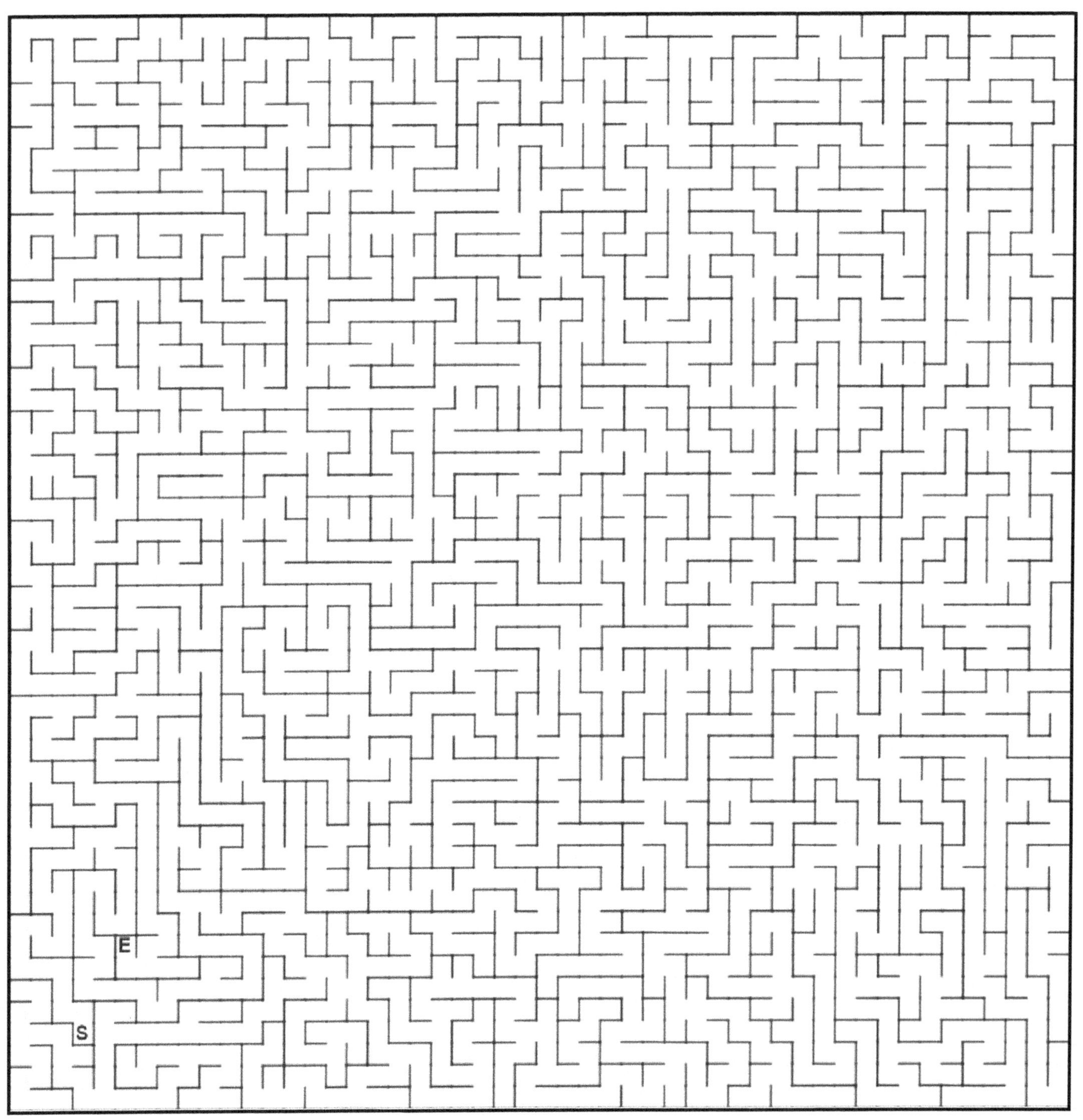

E
S

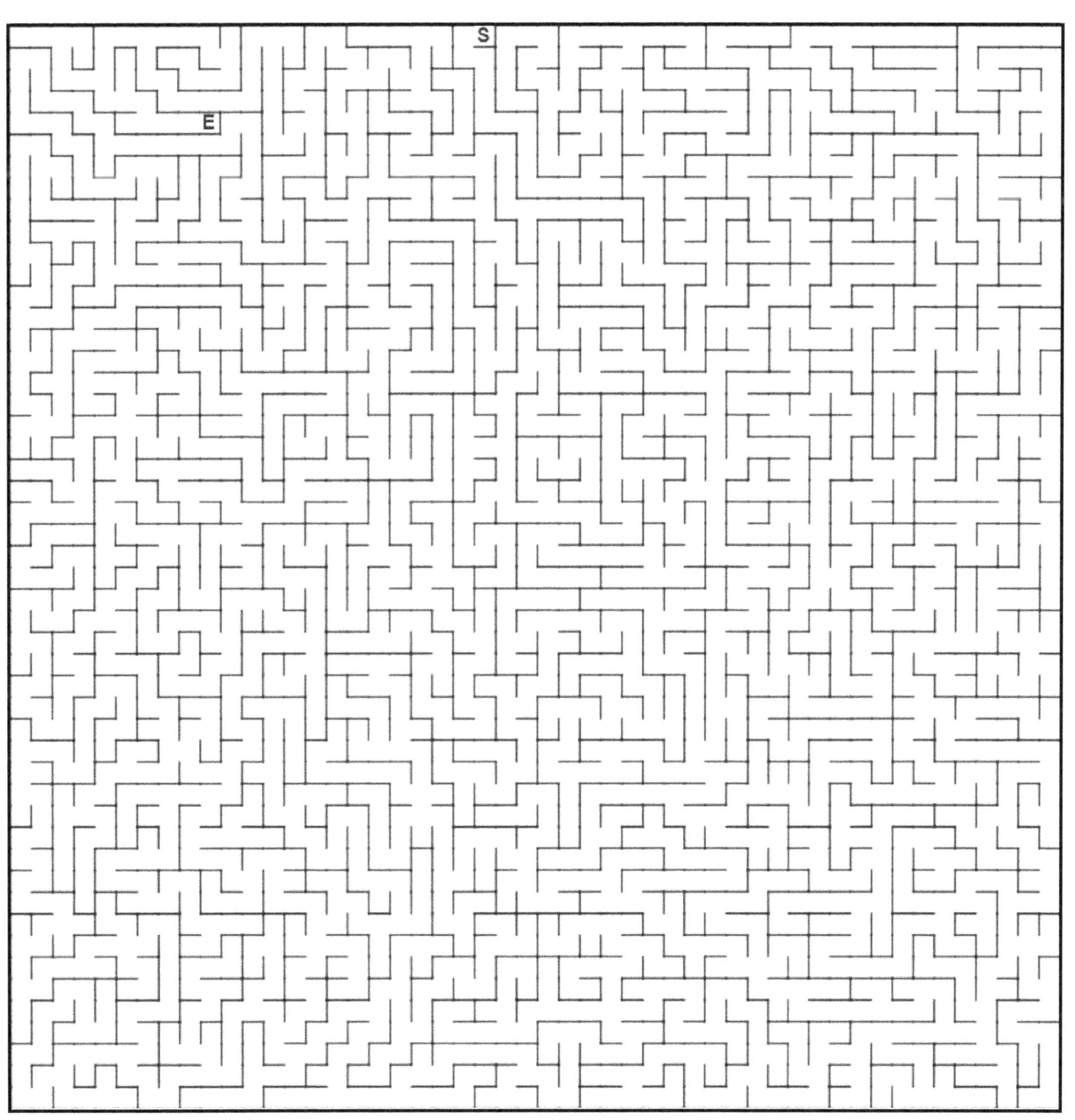
S
E

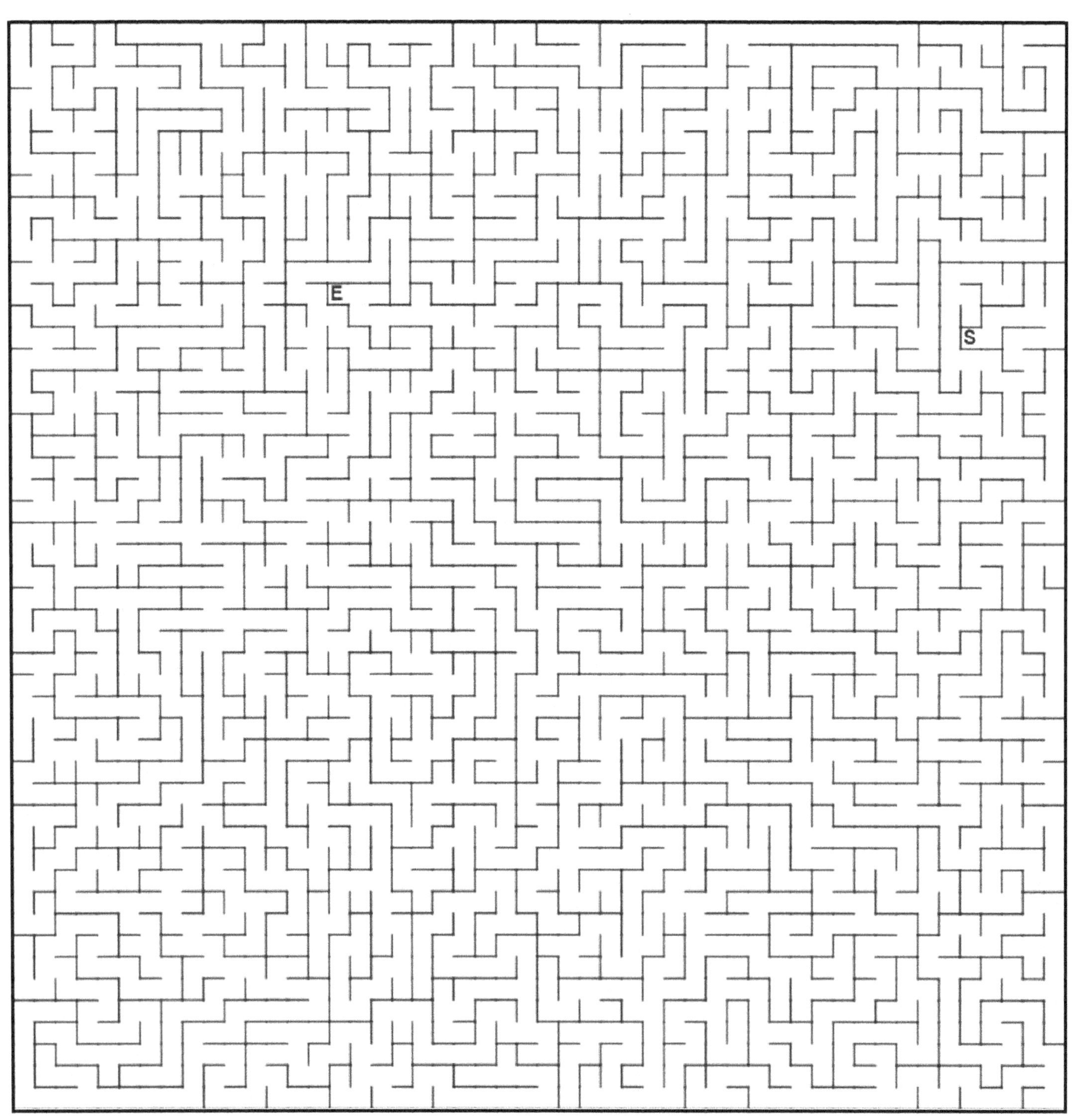
E
S

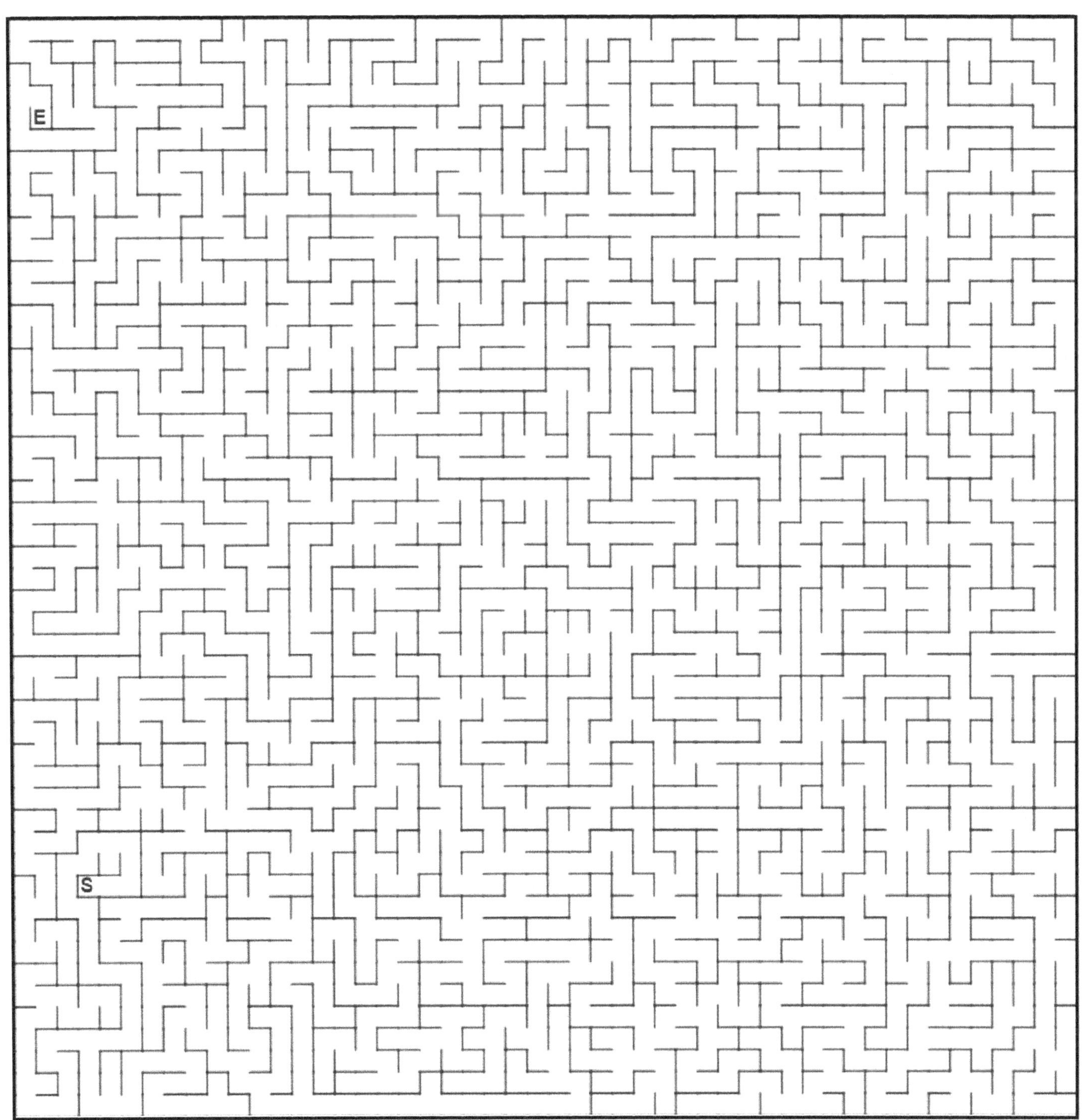

E
S

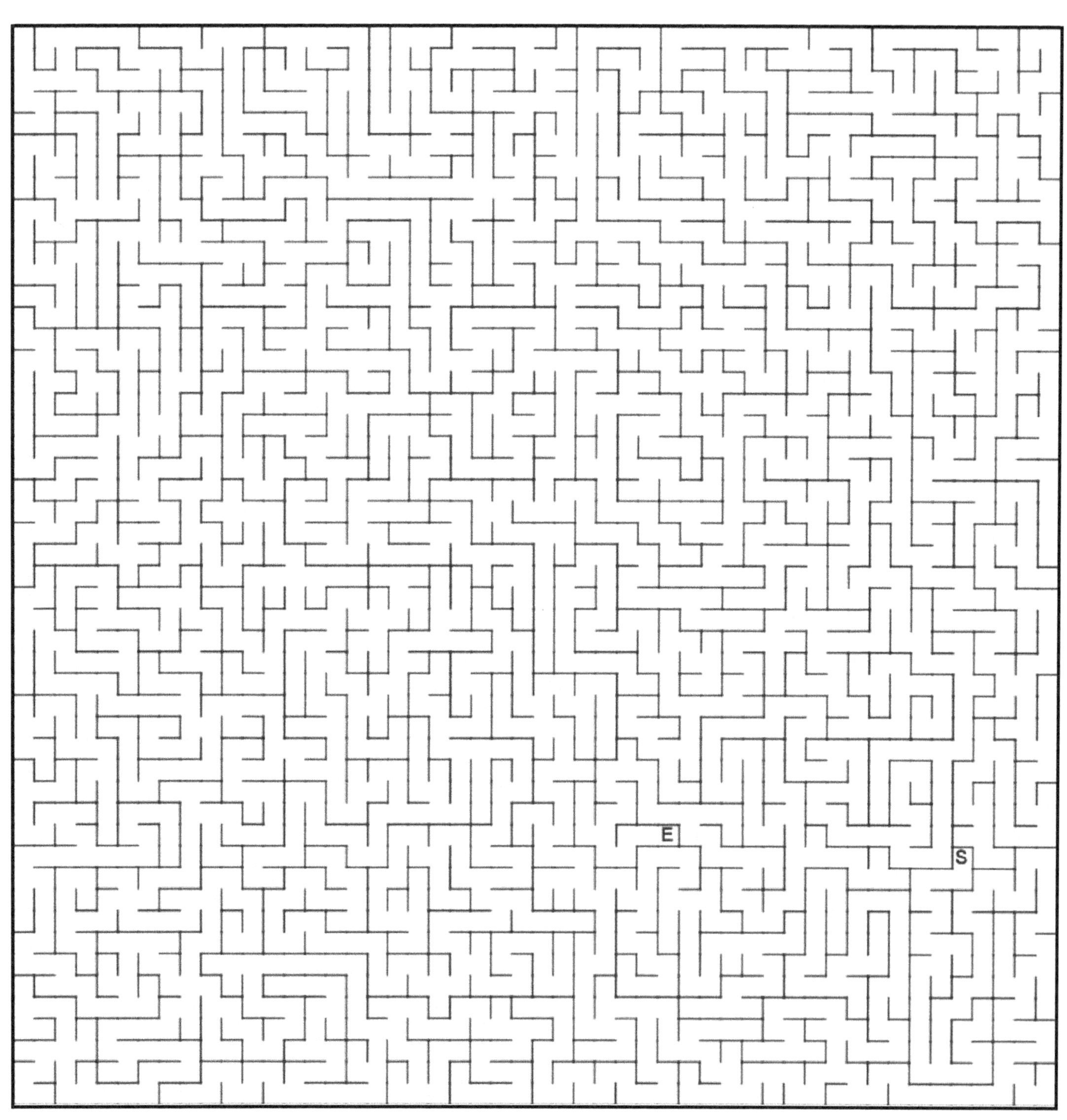

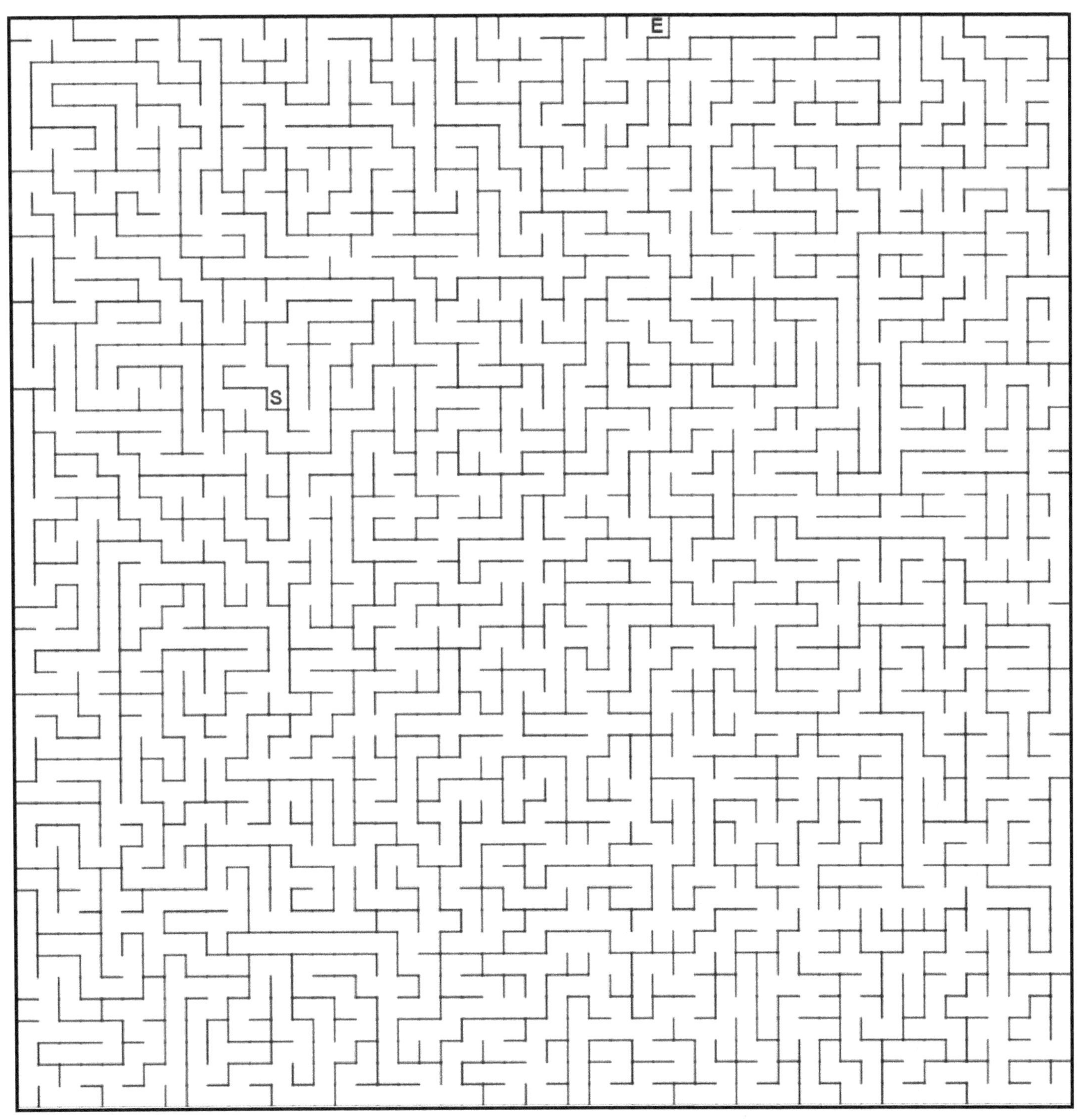

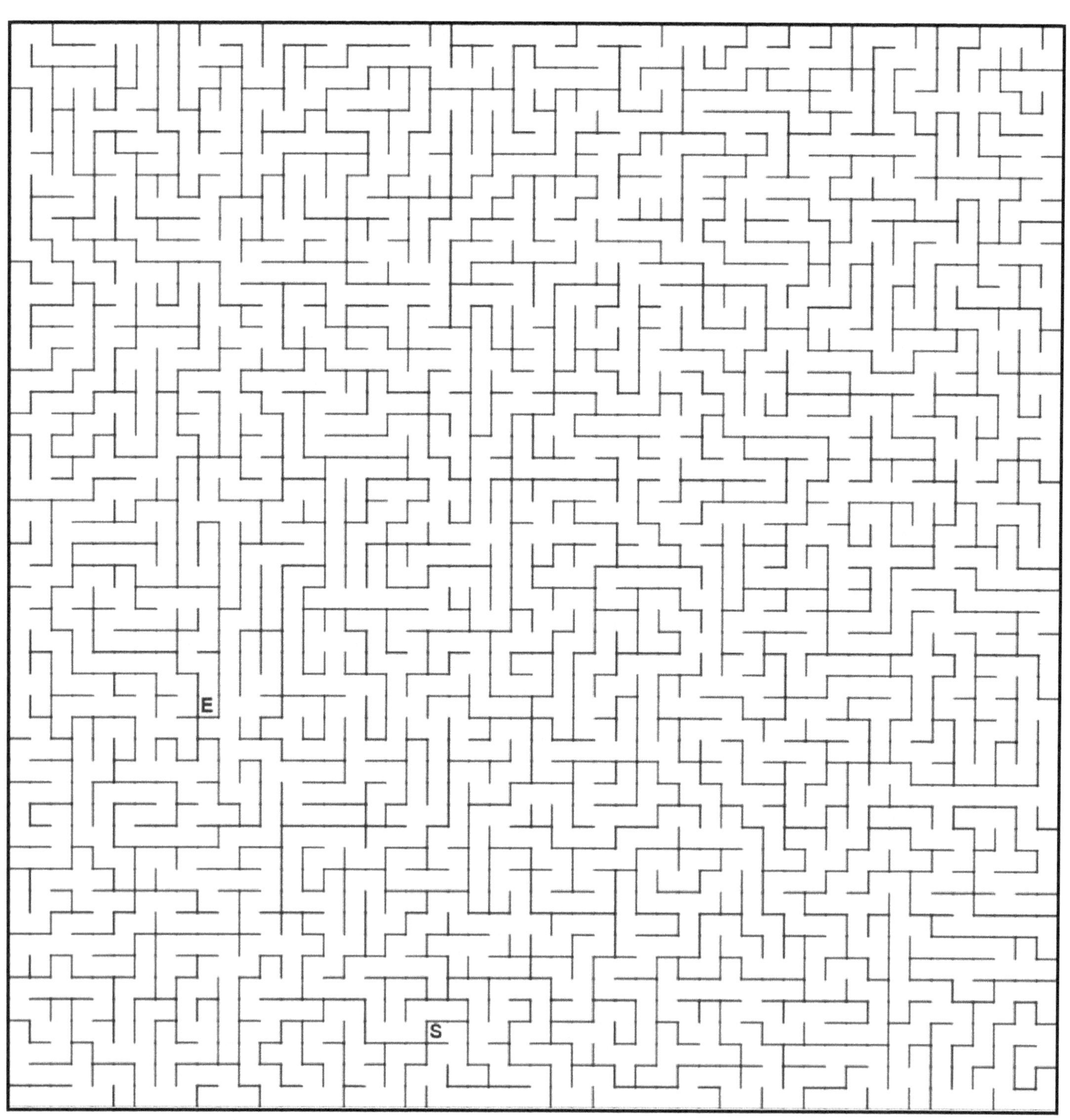
E
S

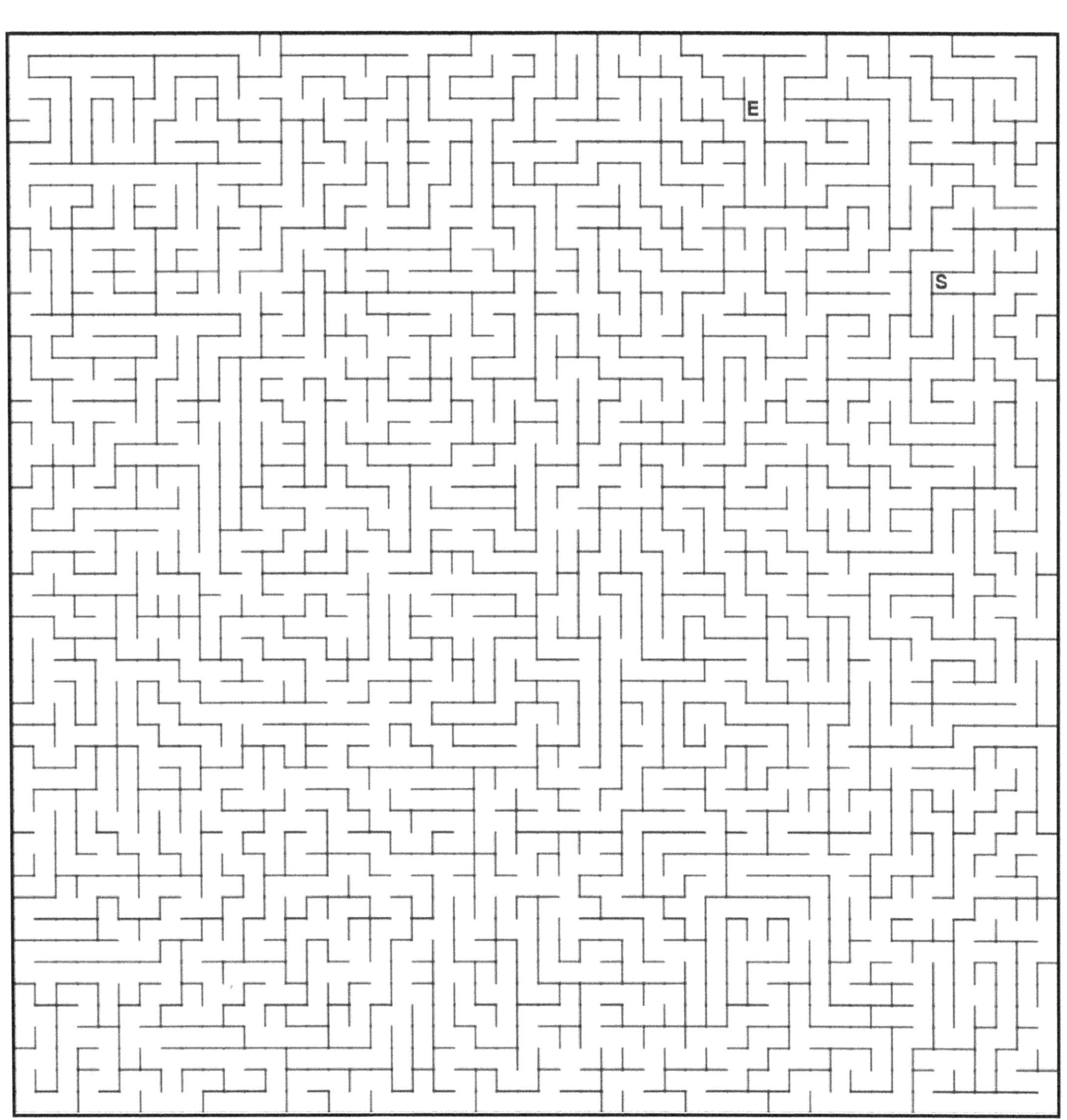

E
S

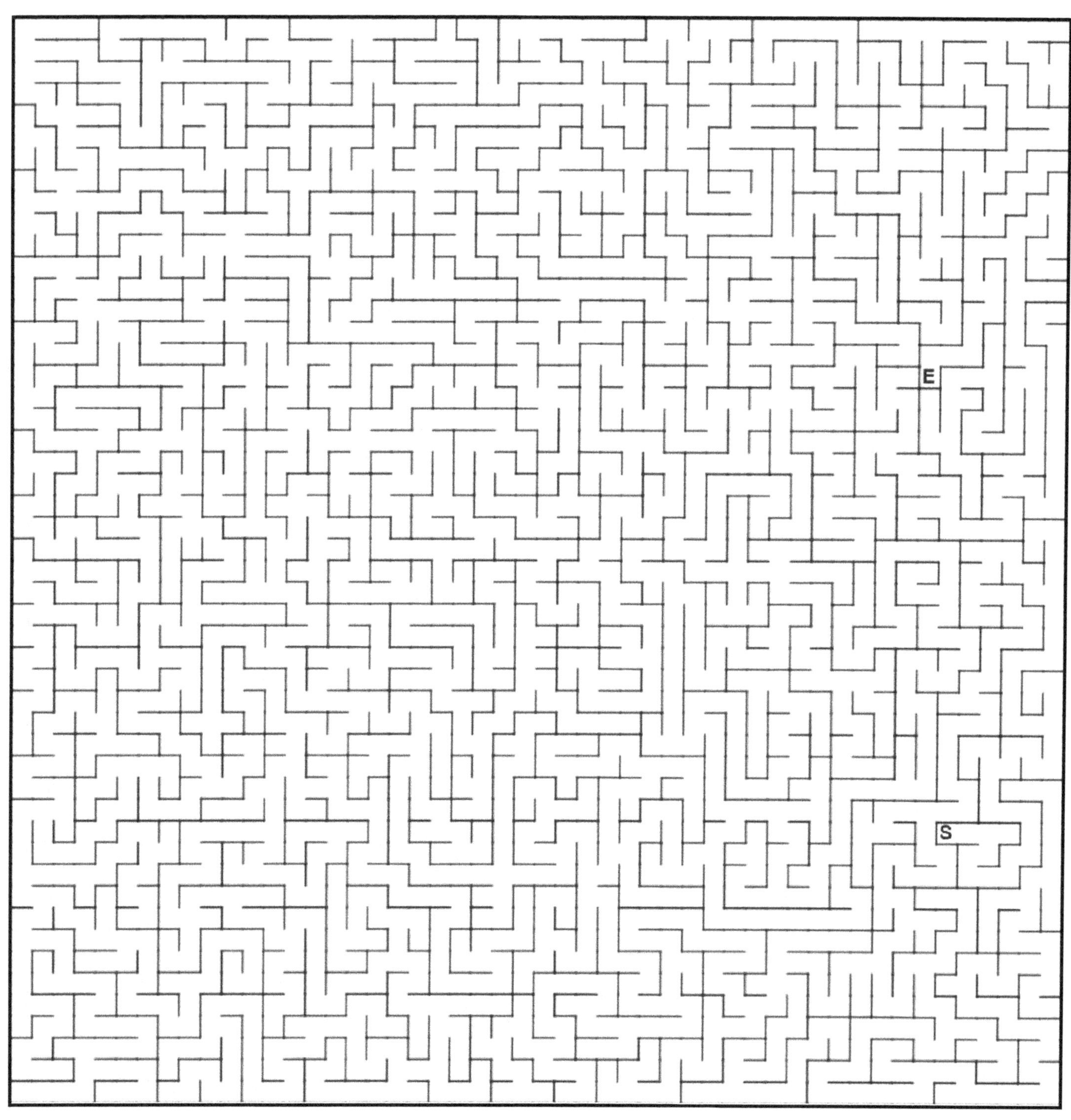

E
S

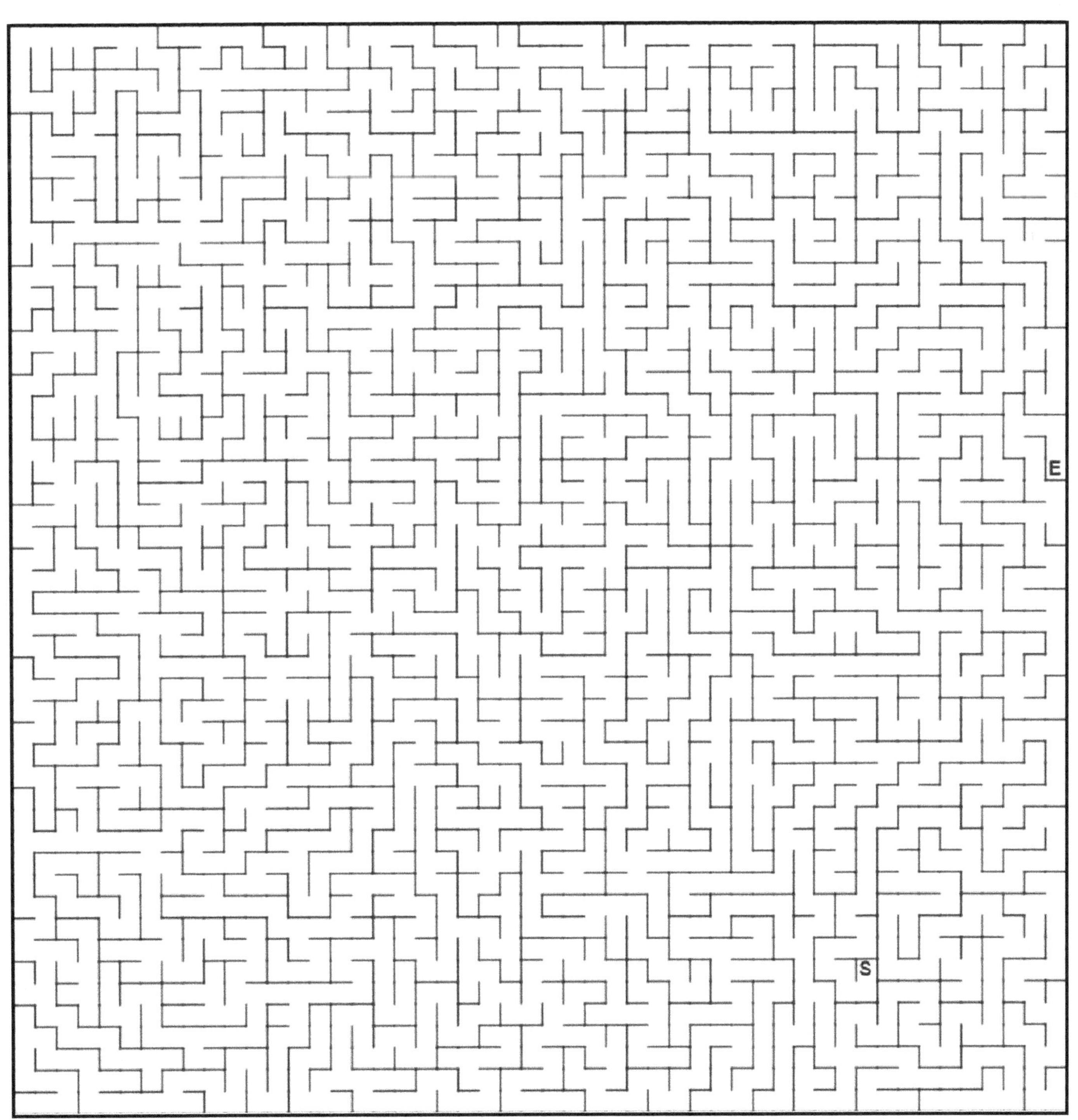
E
S

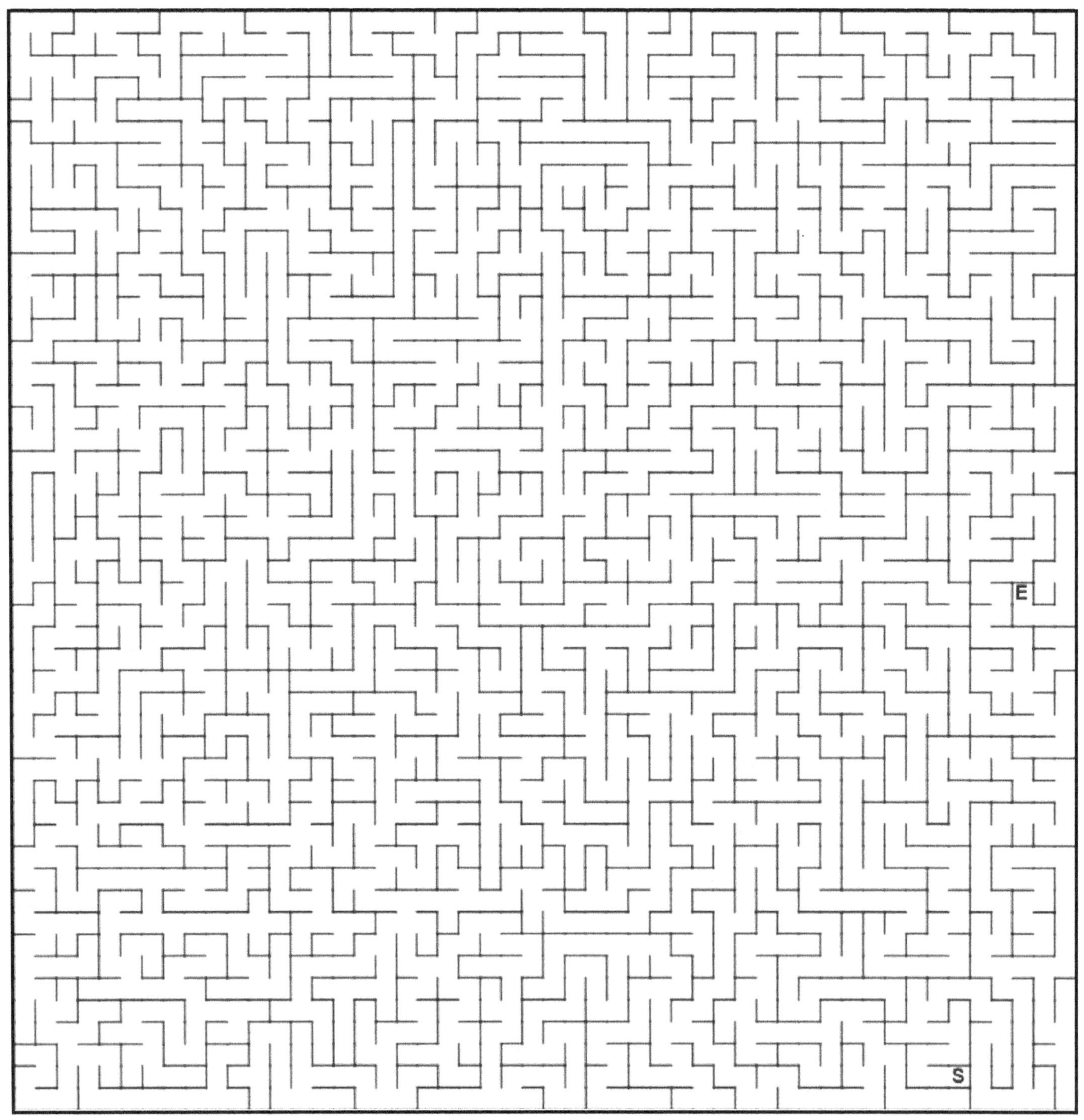

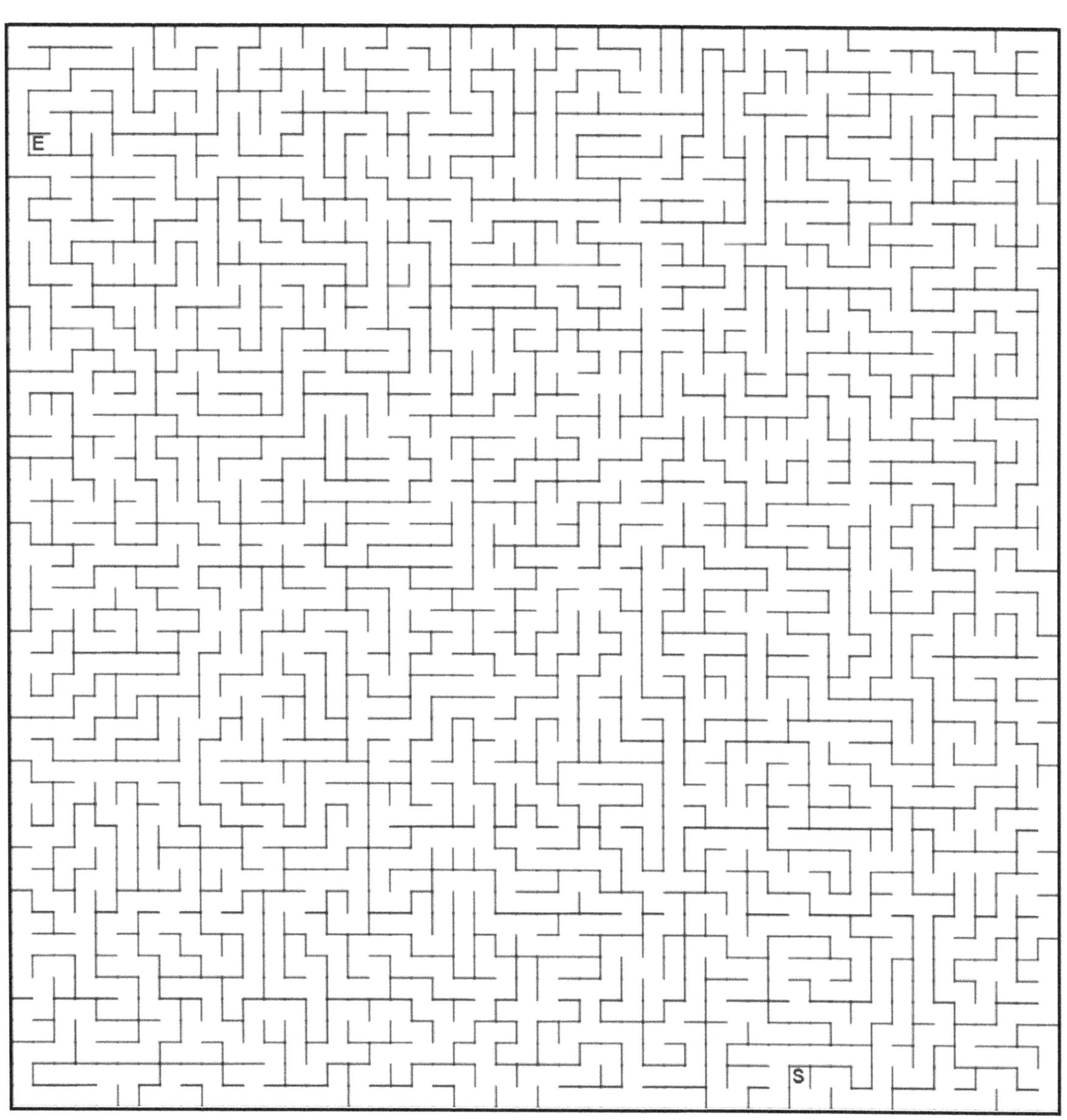
E
S

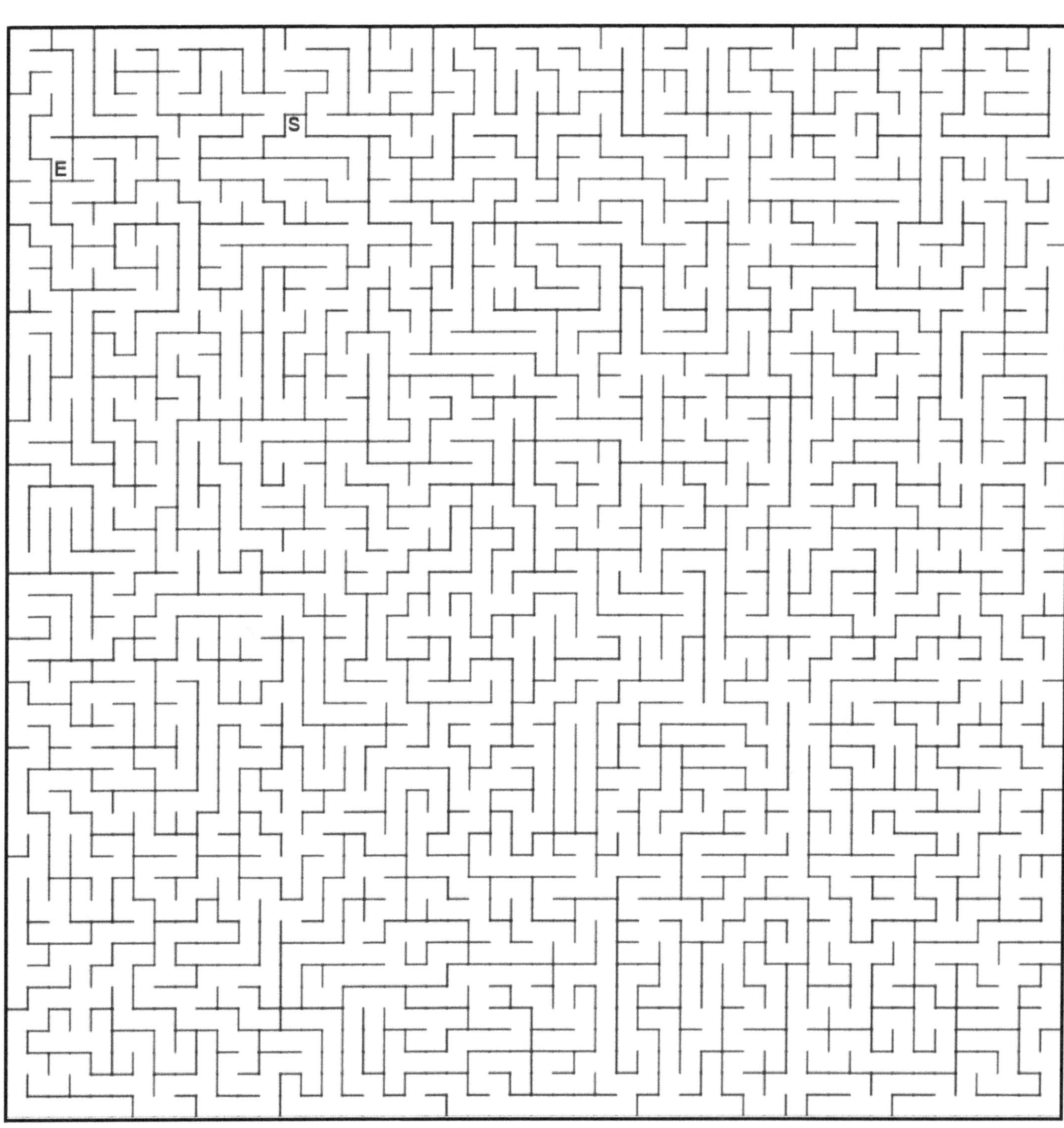

S
E

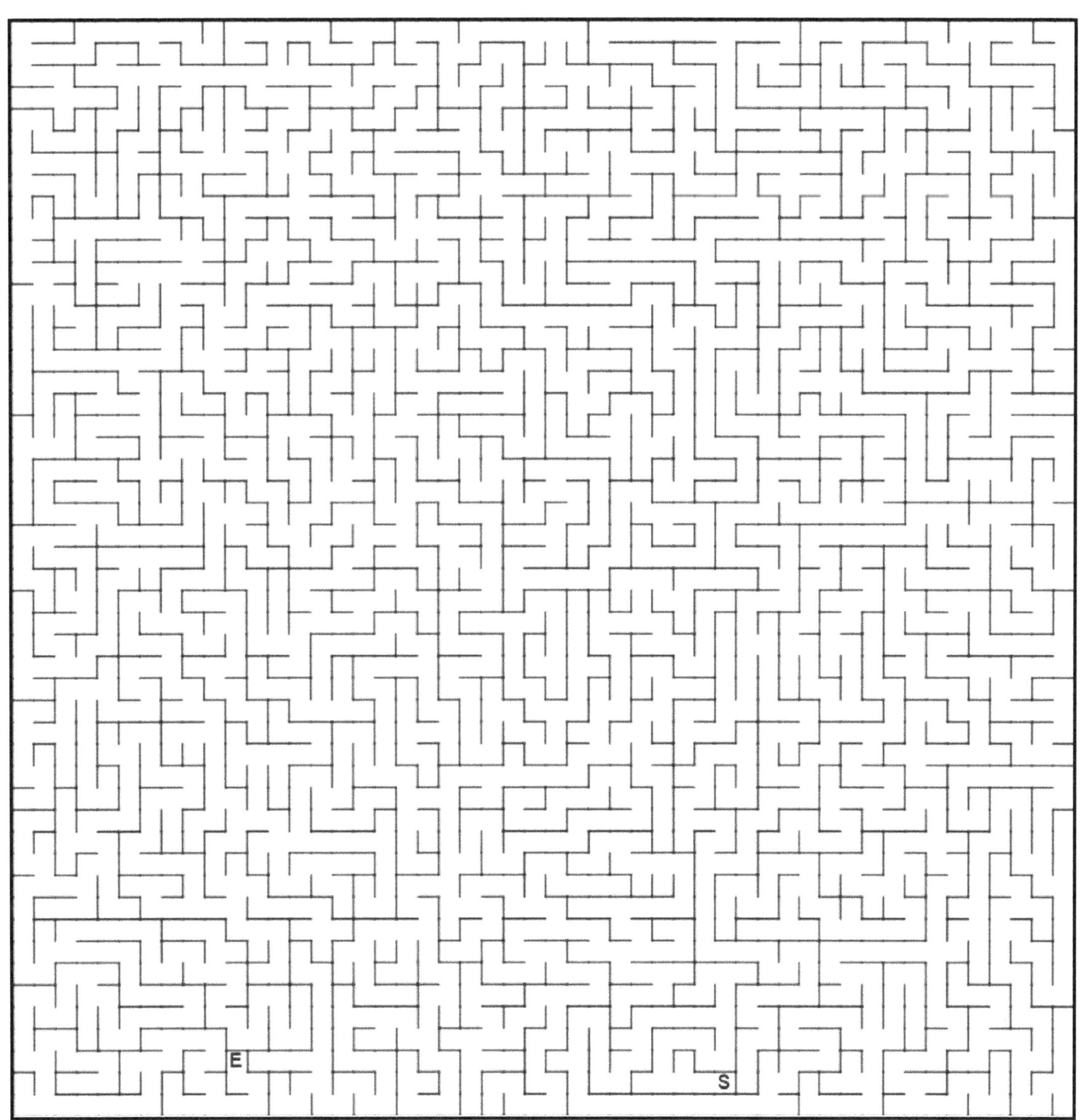

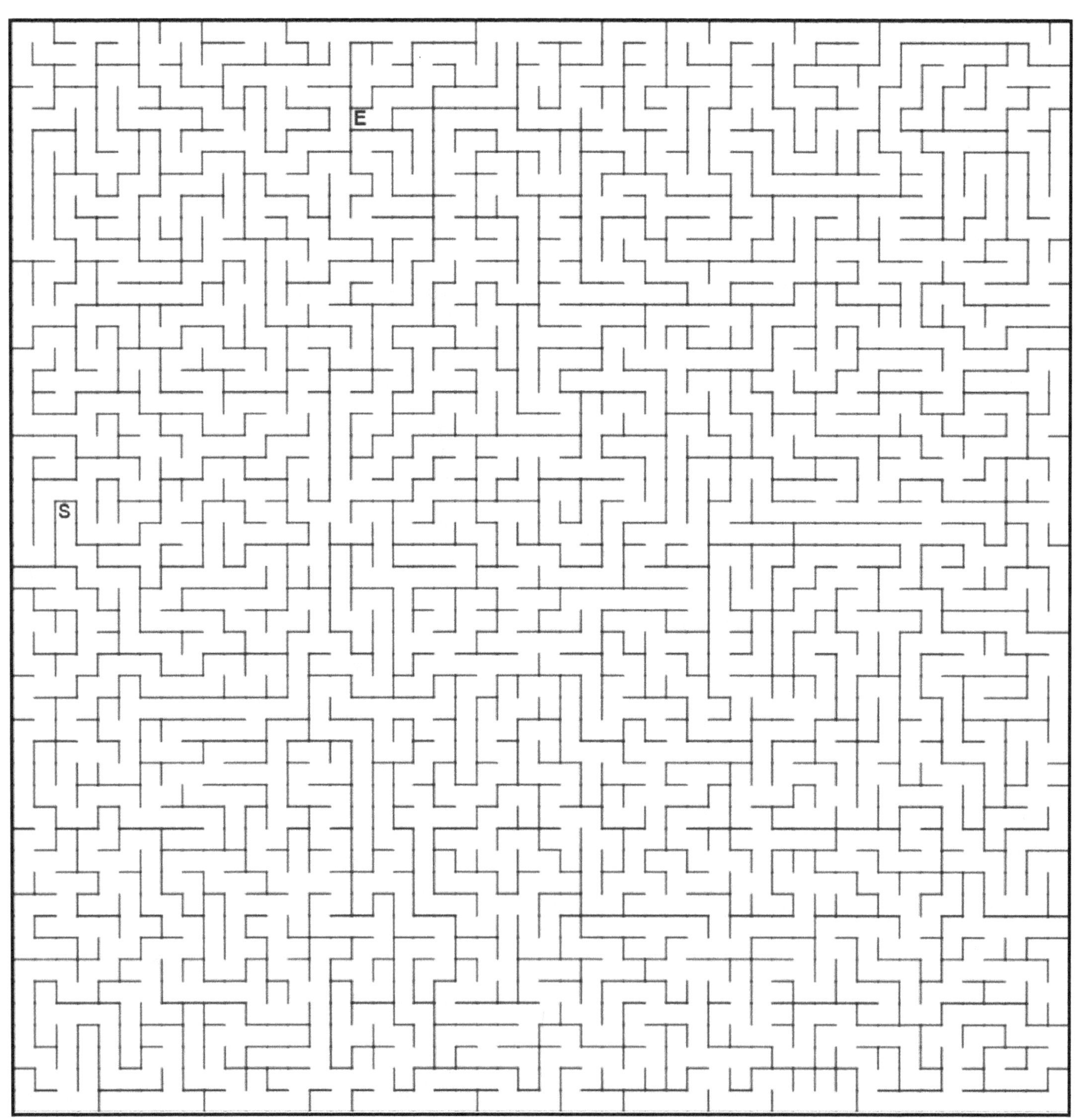

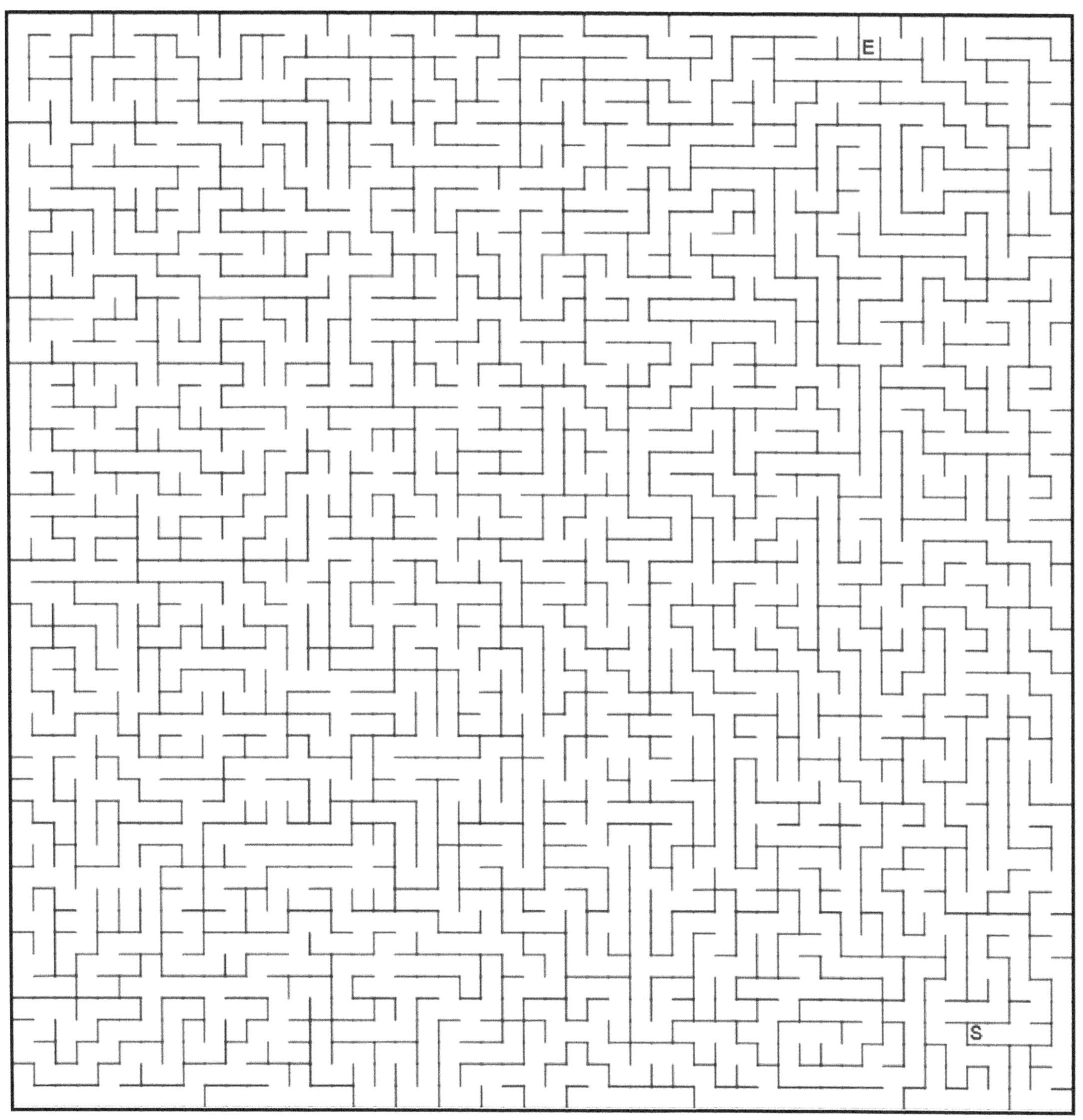

E
S

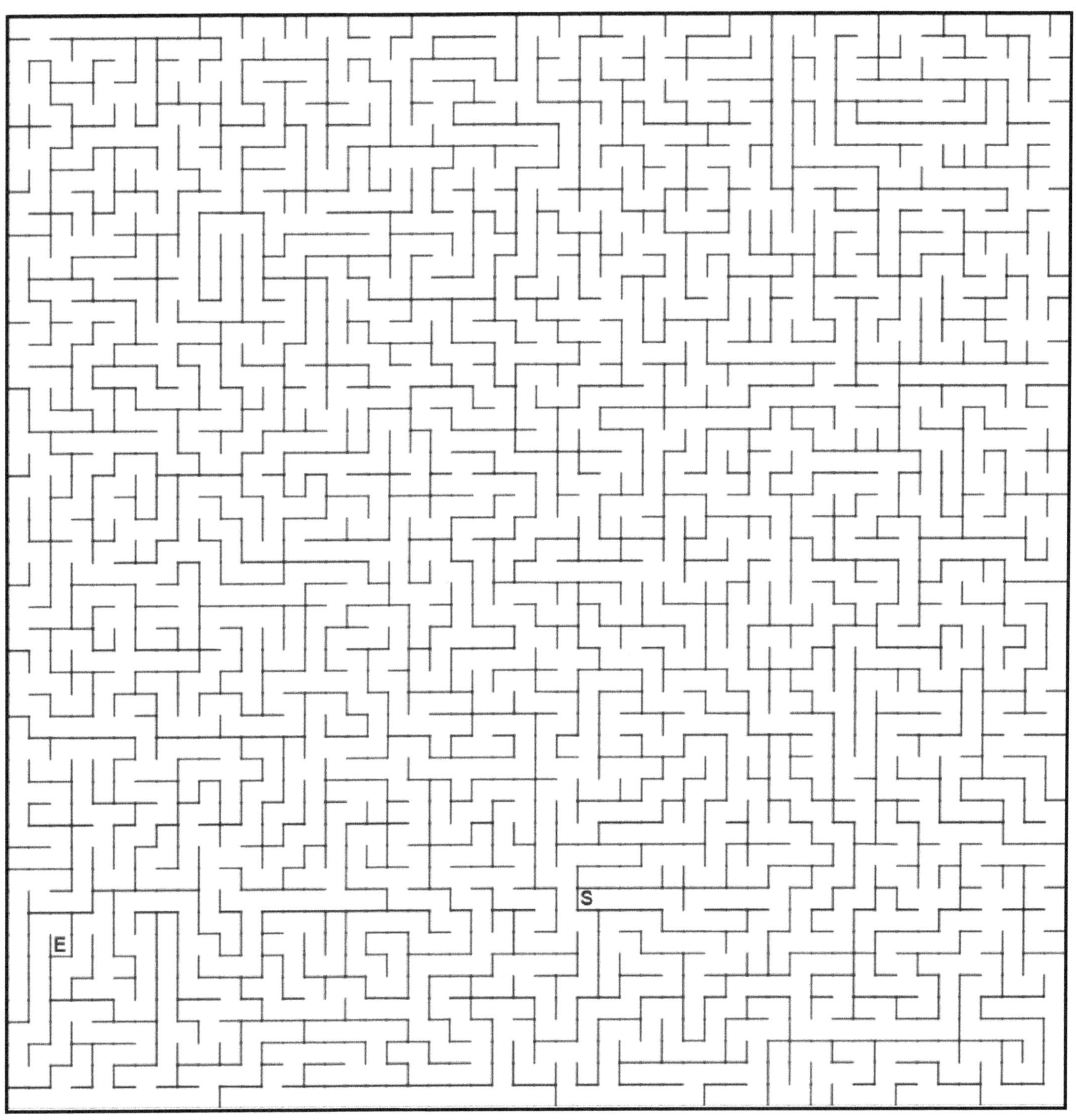
S
E

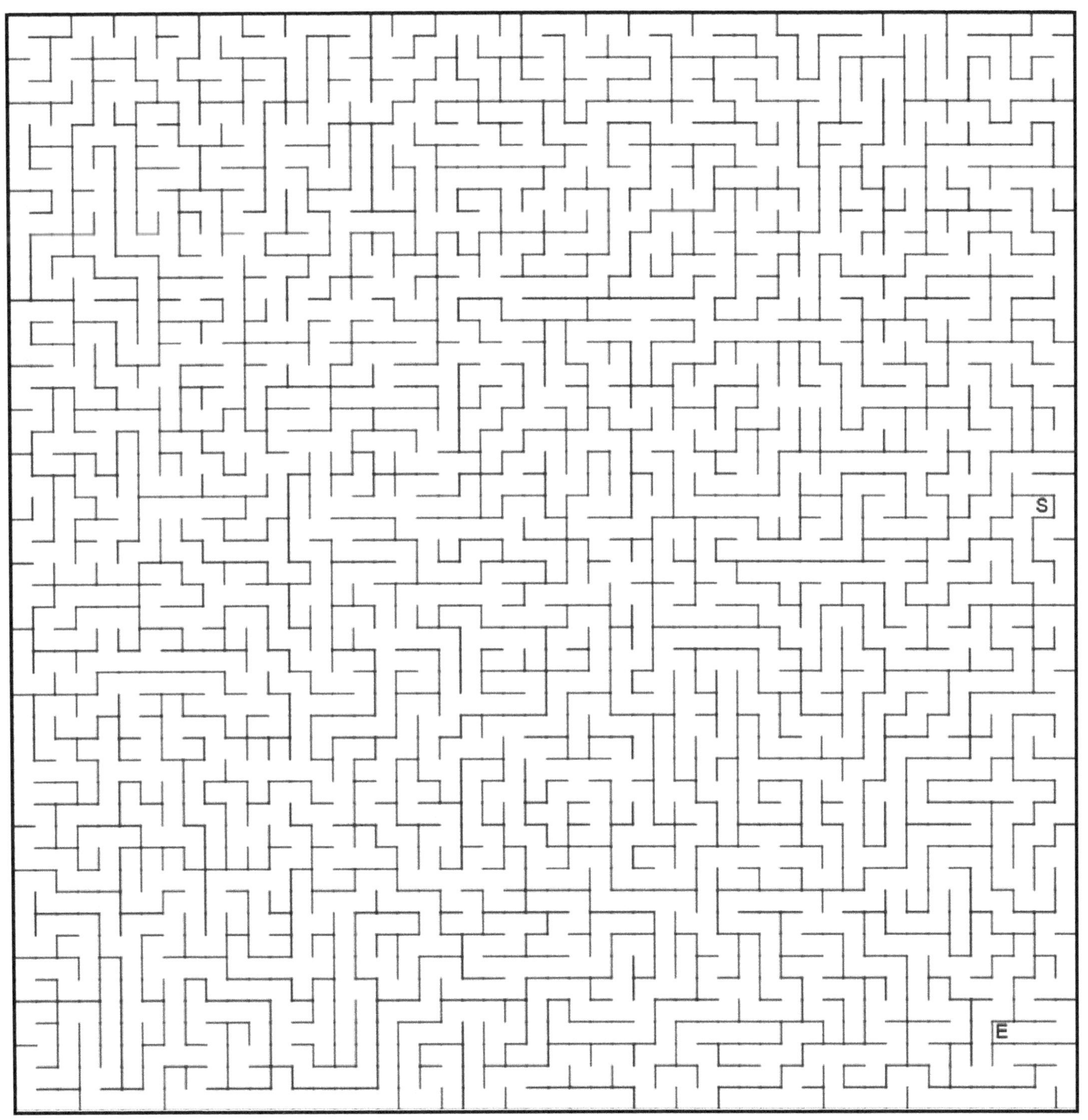

S
E

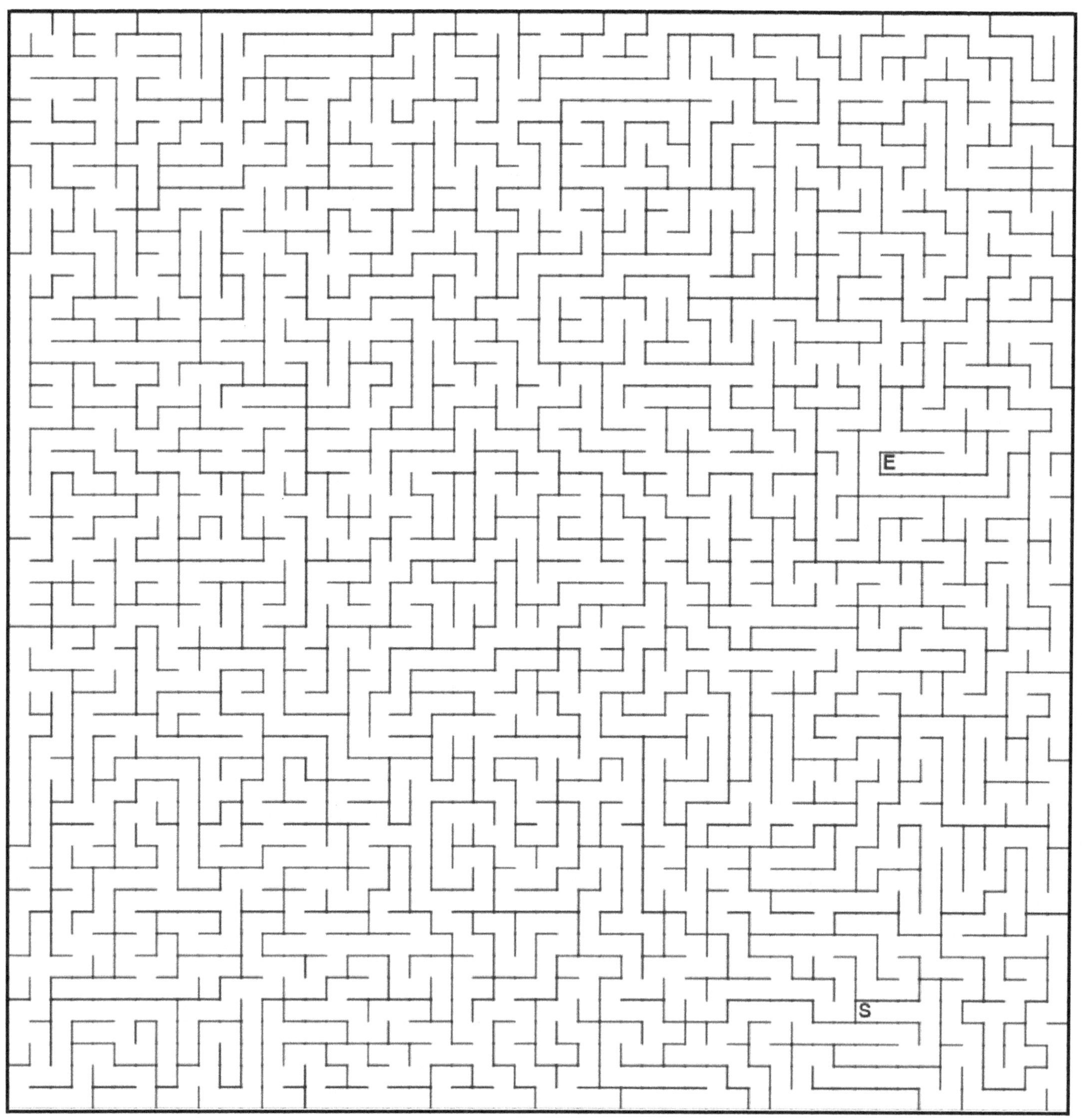

E
S

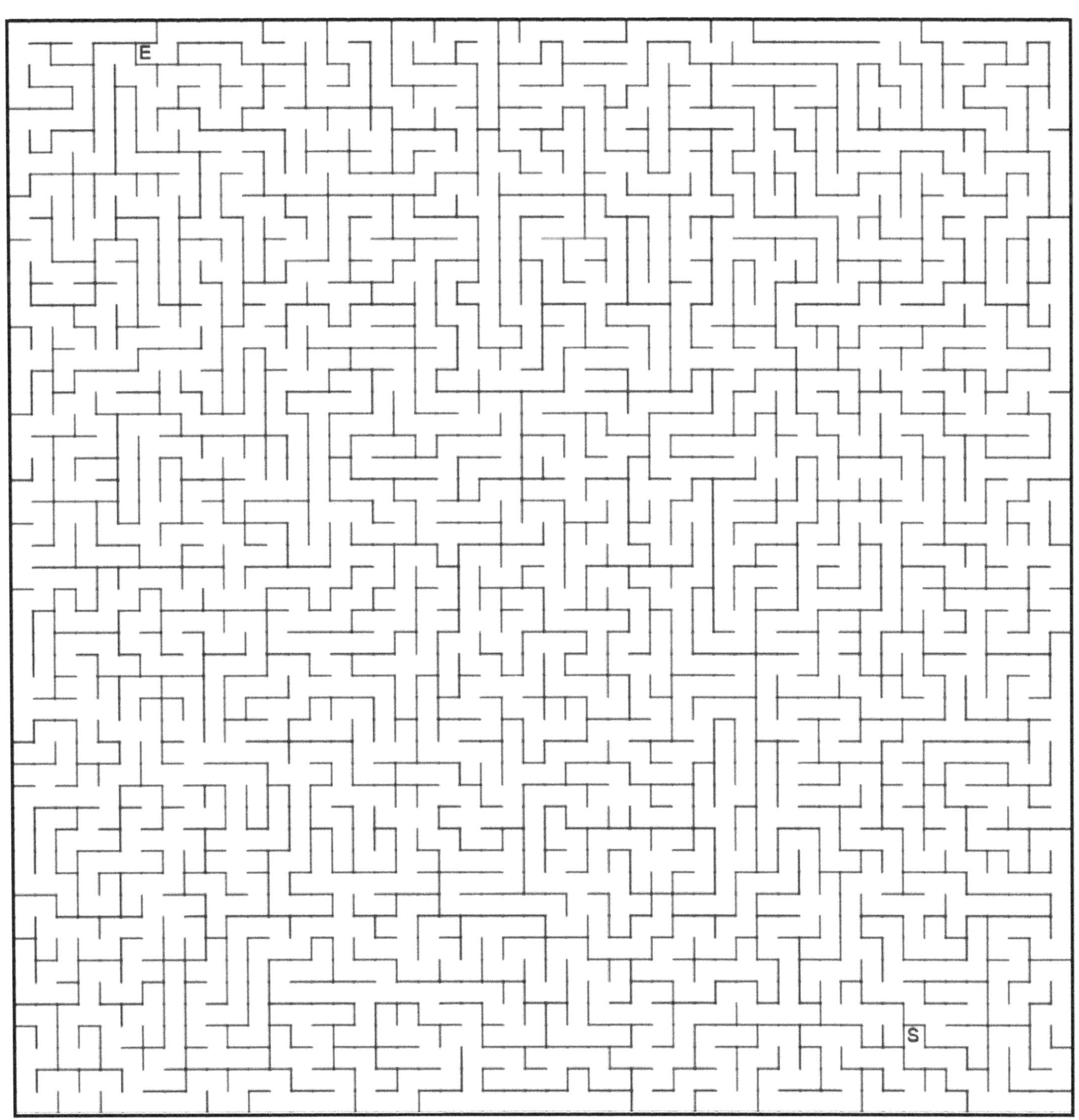
E
S

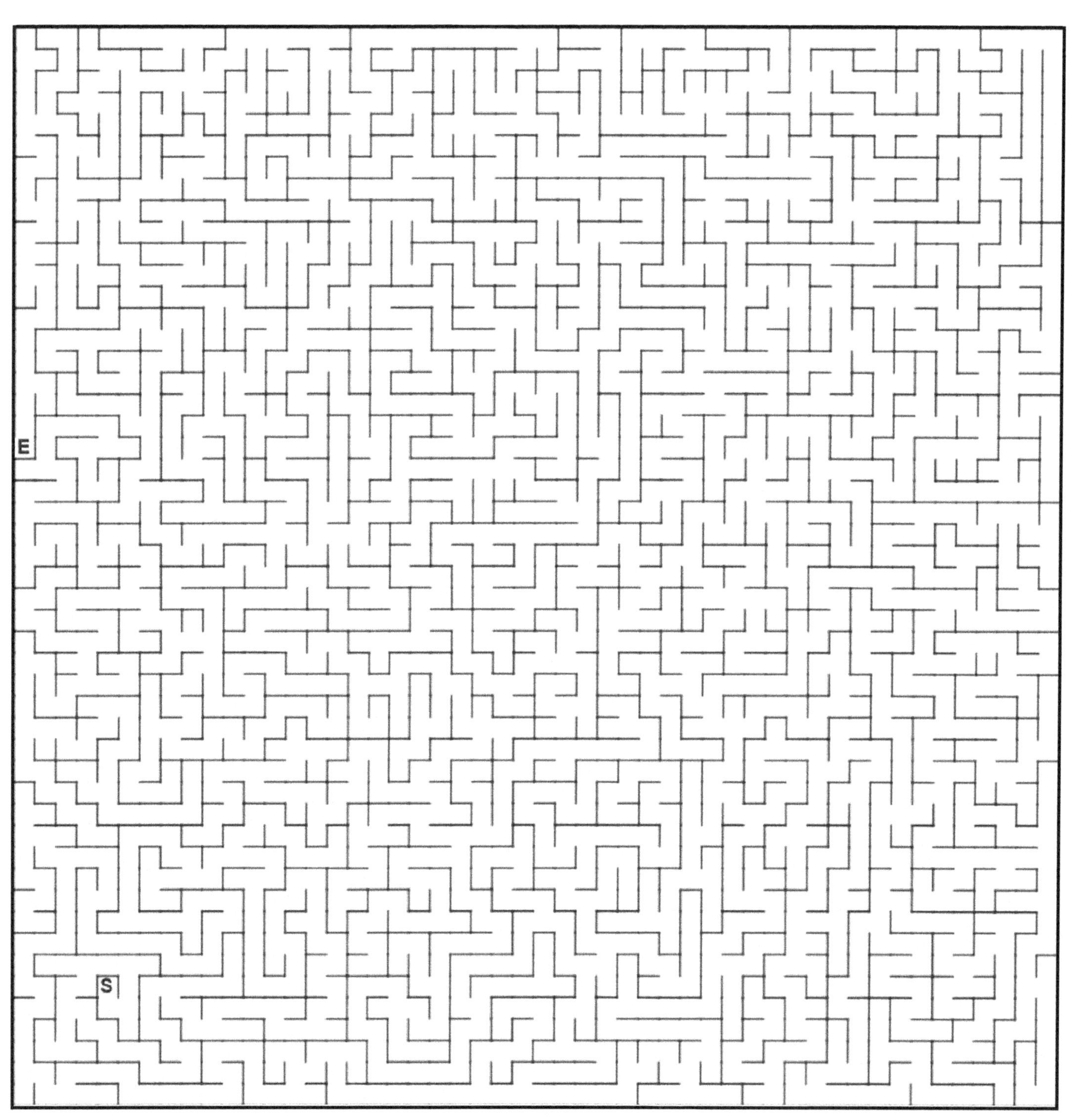
E
S

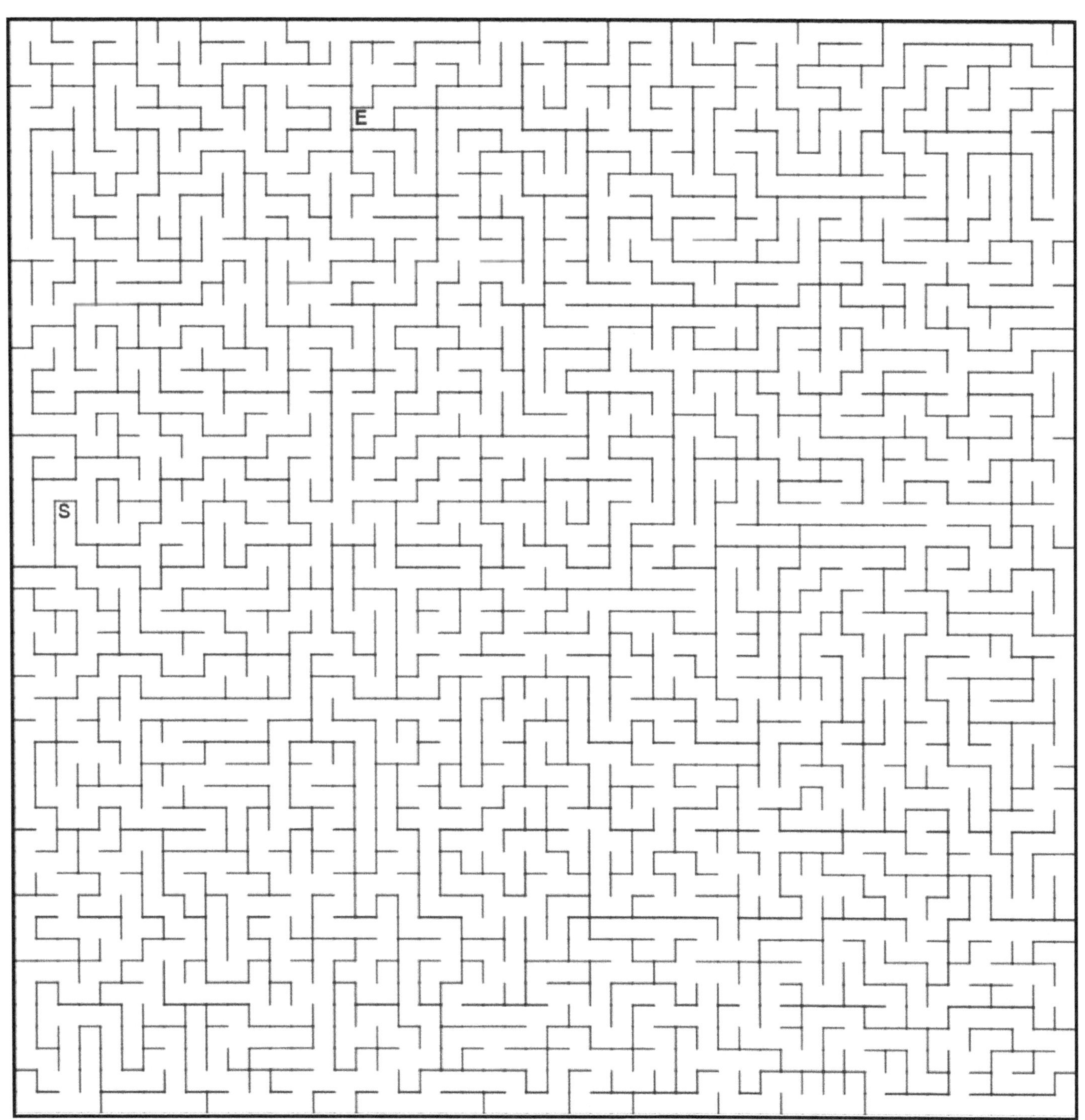
E
S

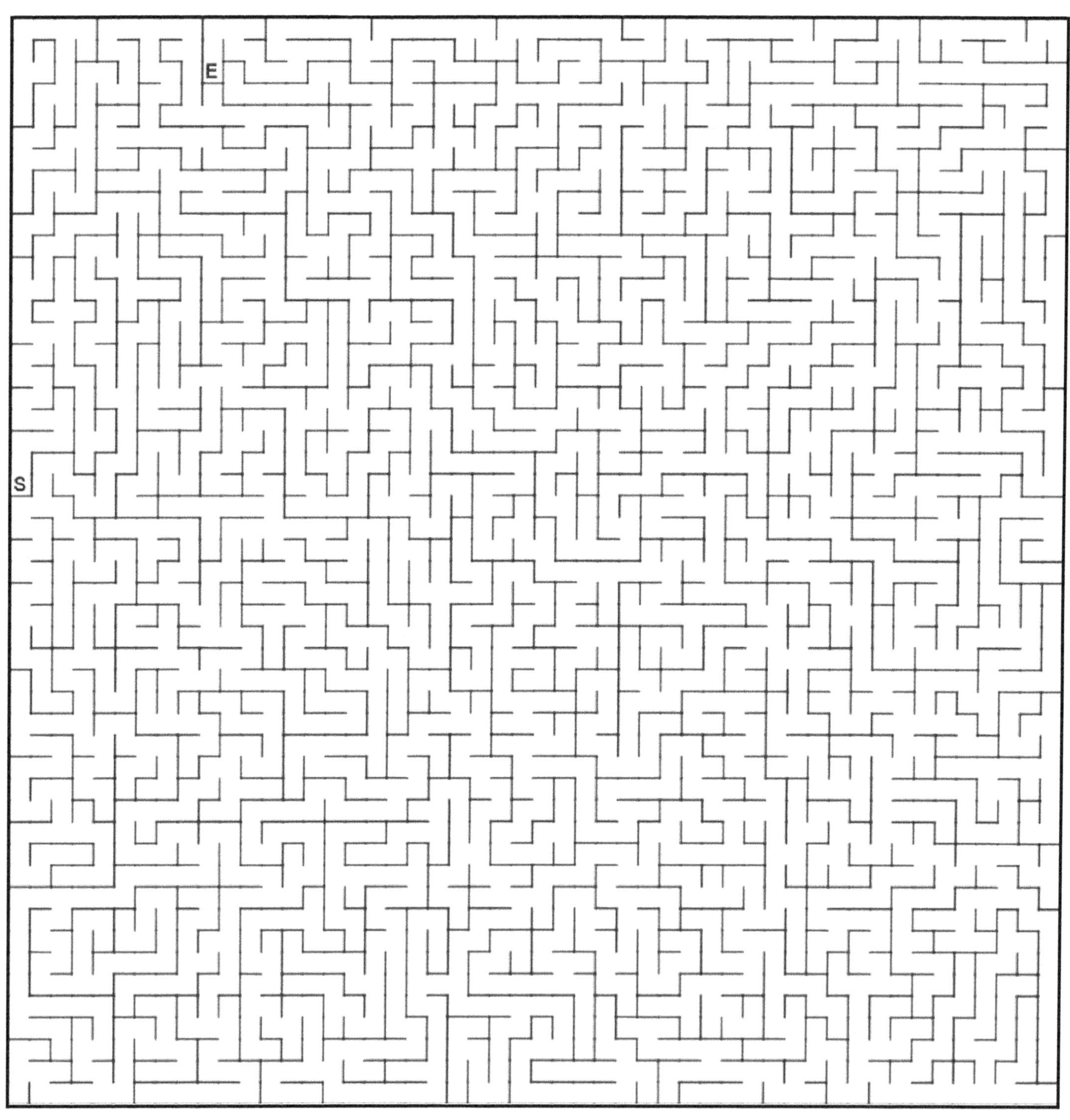
E
S

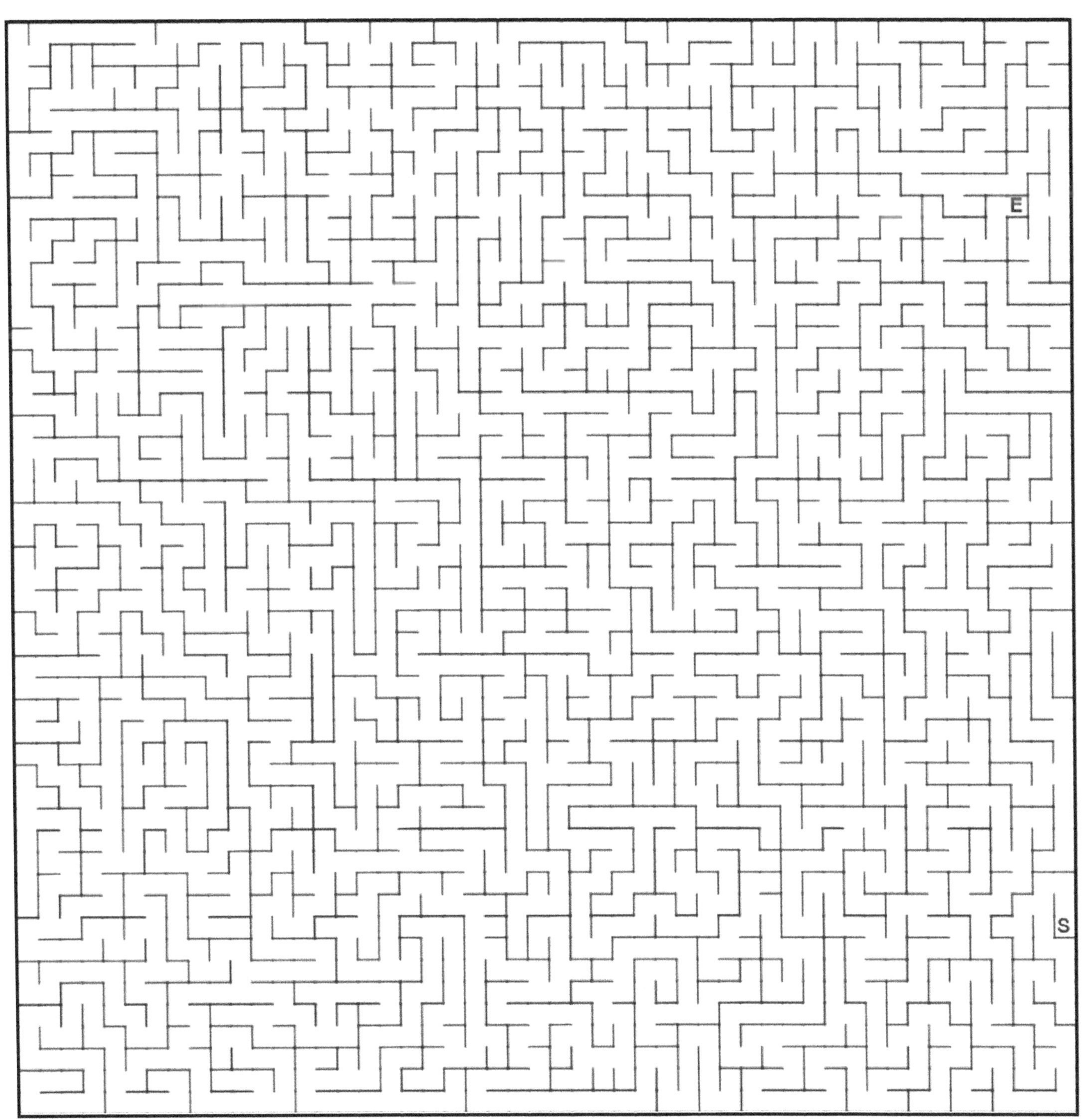

E
S

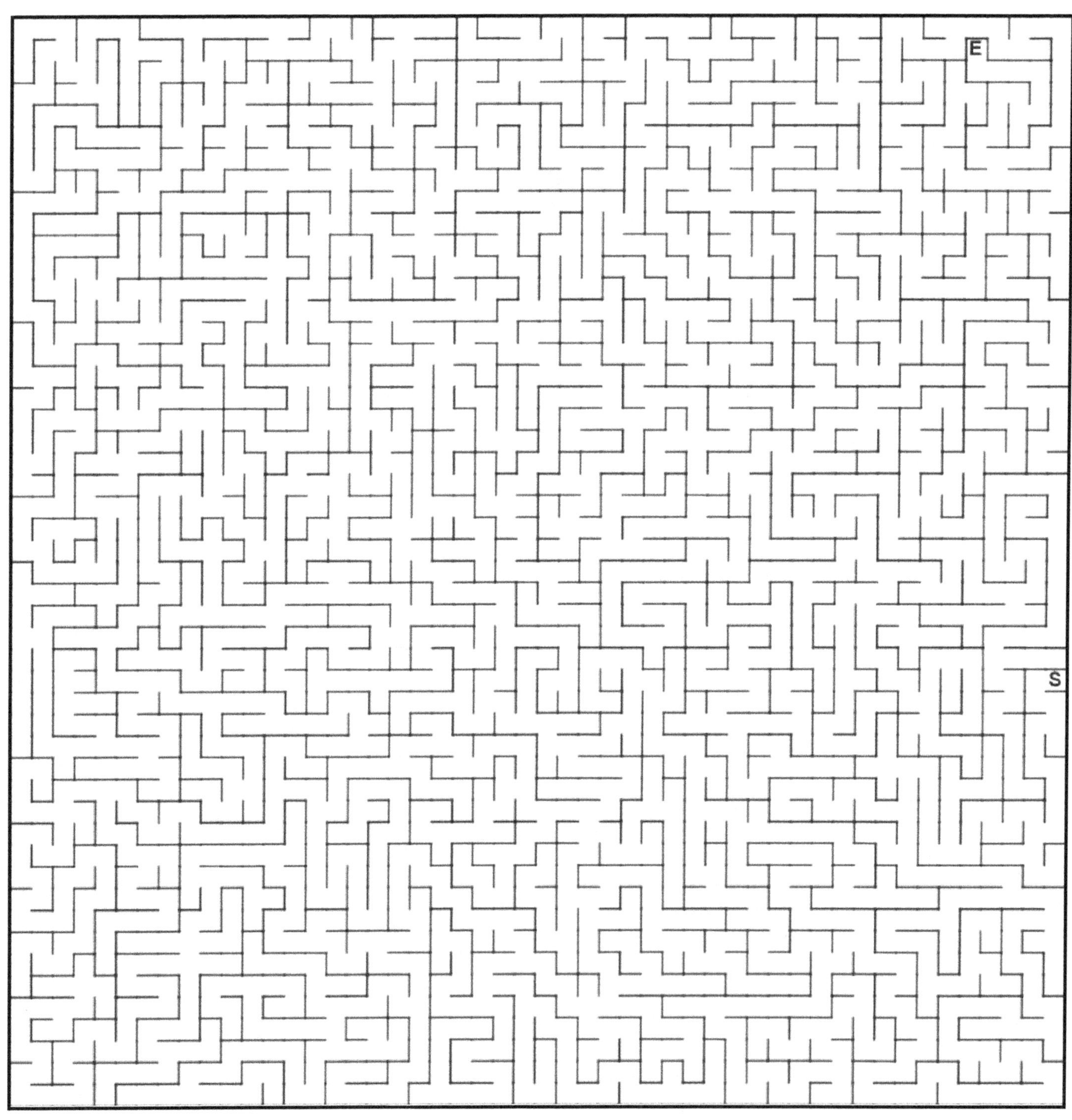

E
S

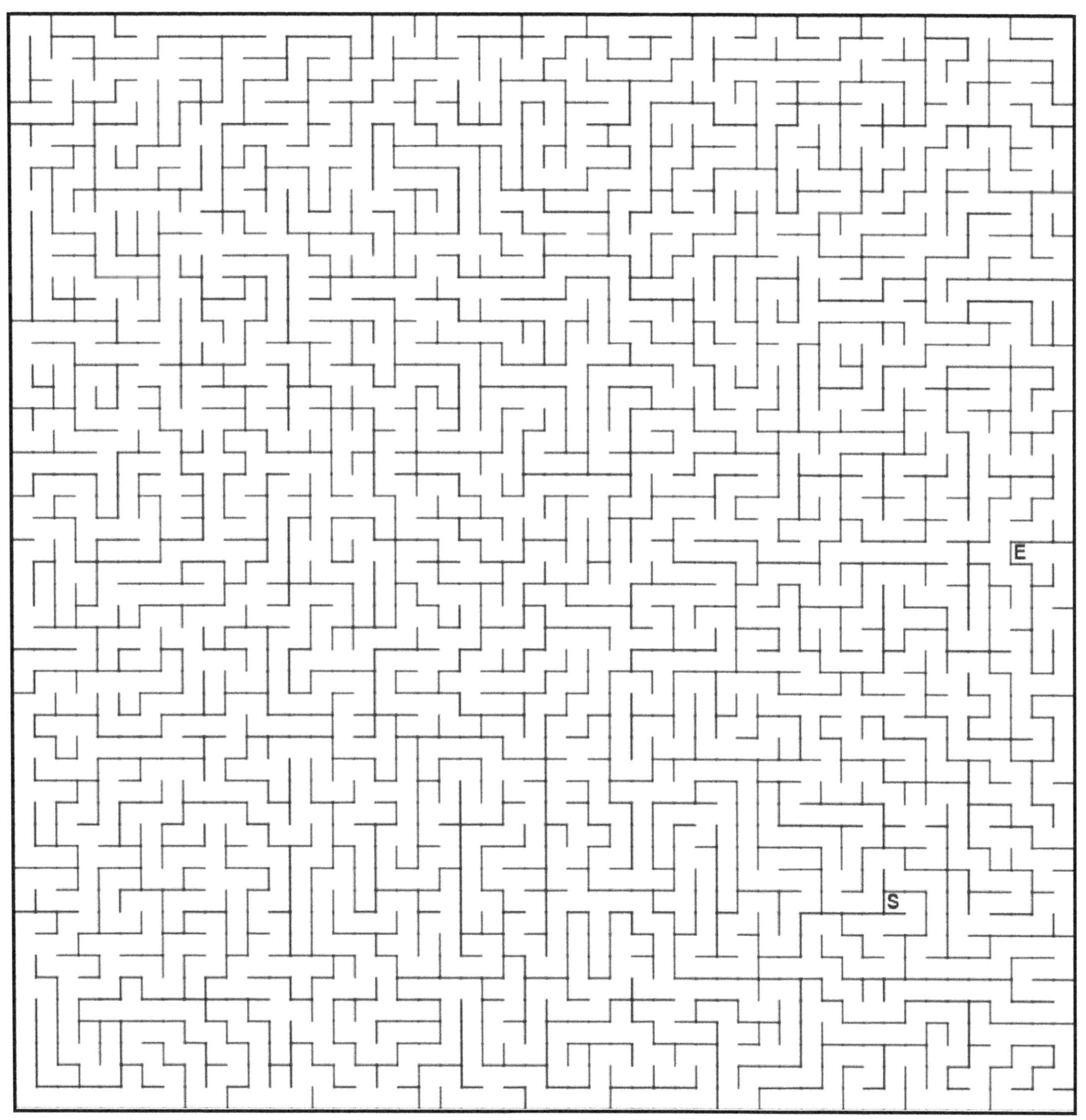
E
S

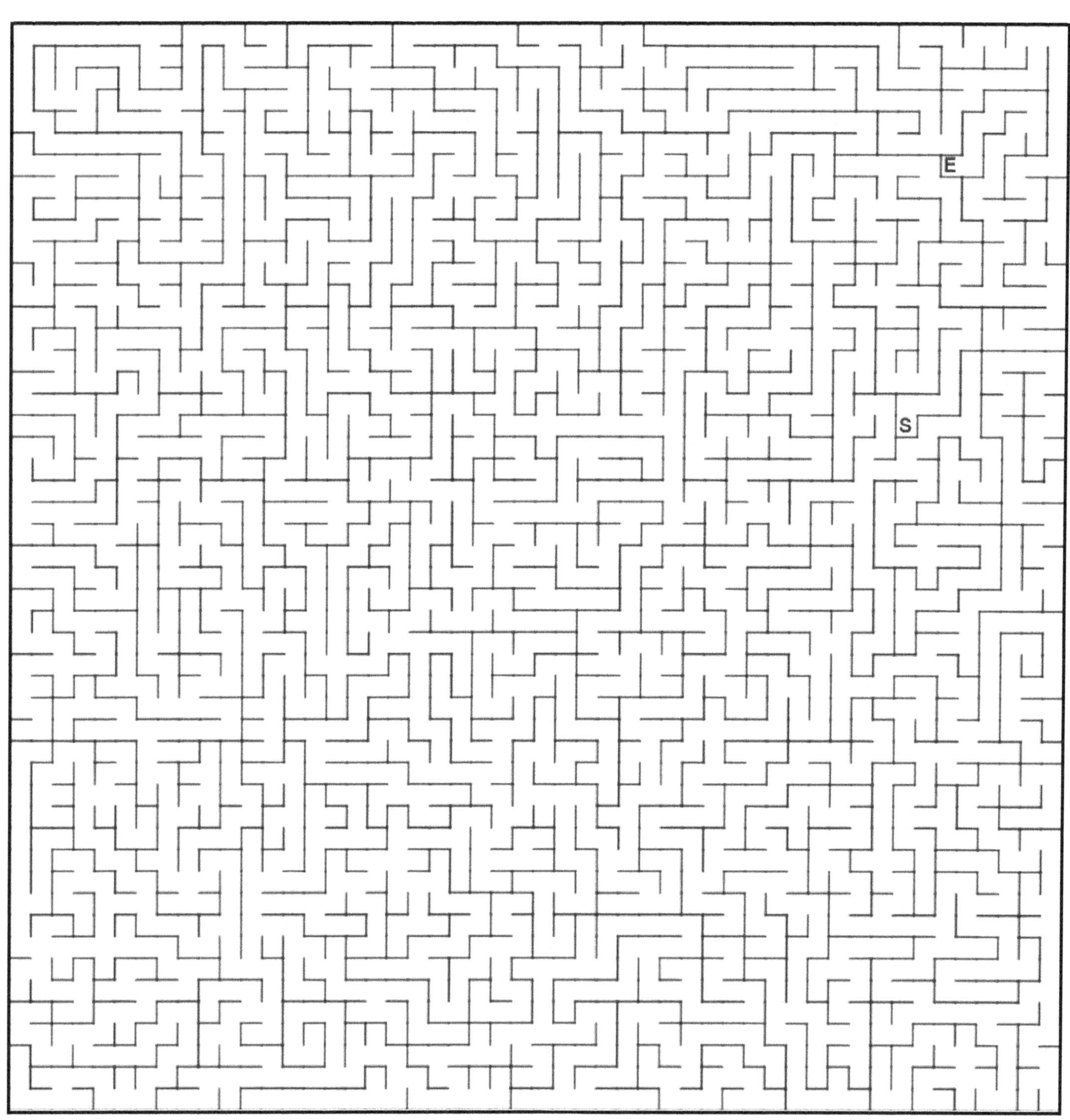

E
S

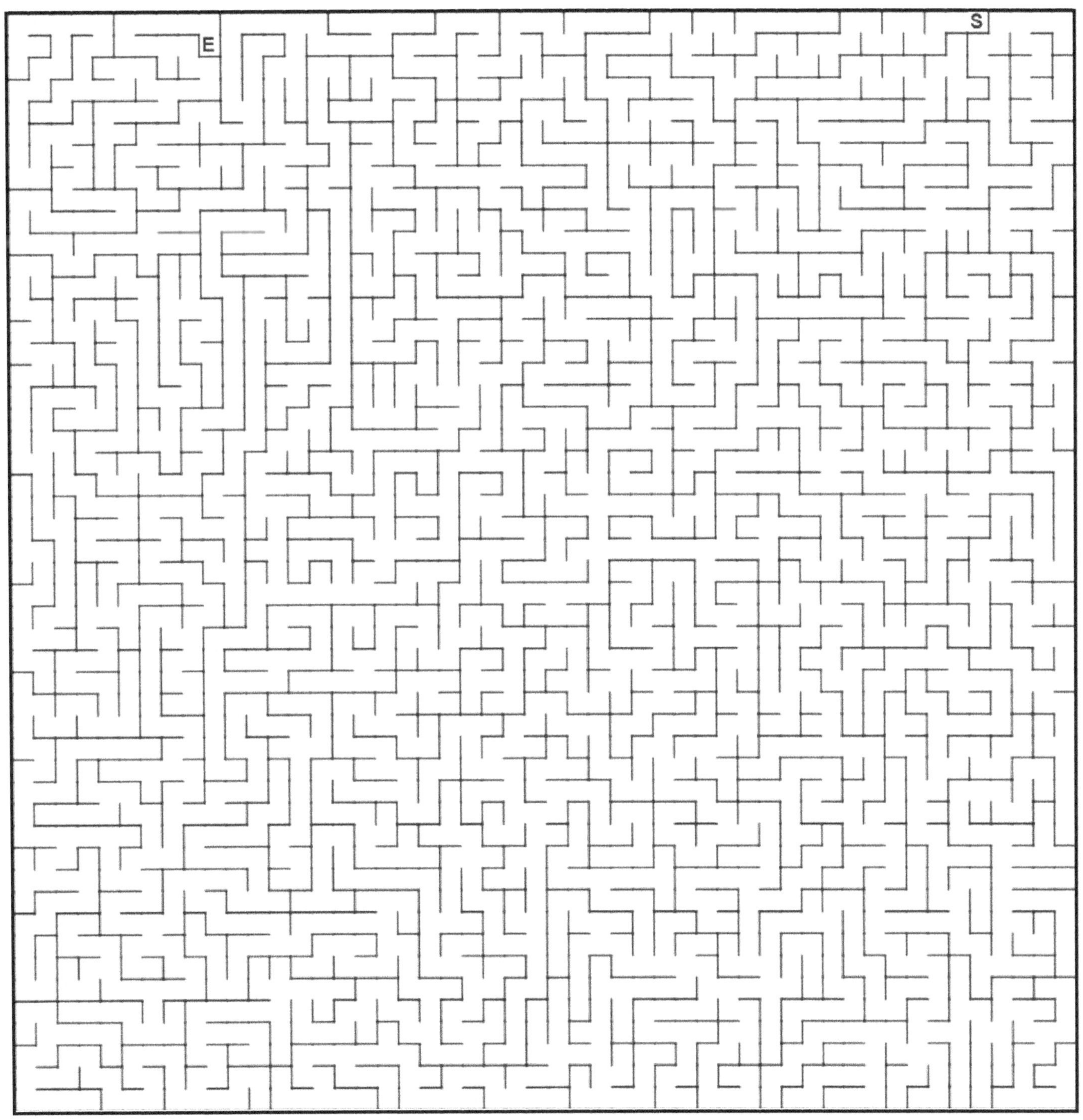
E
S

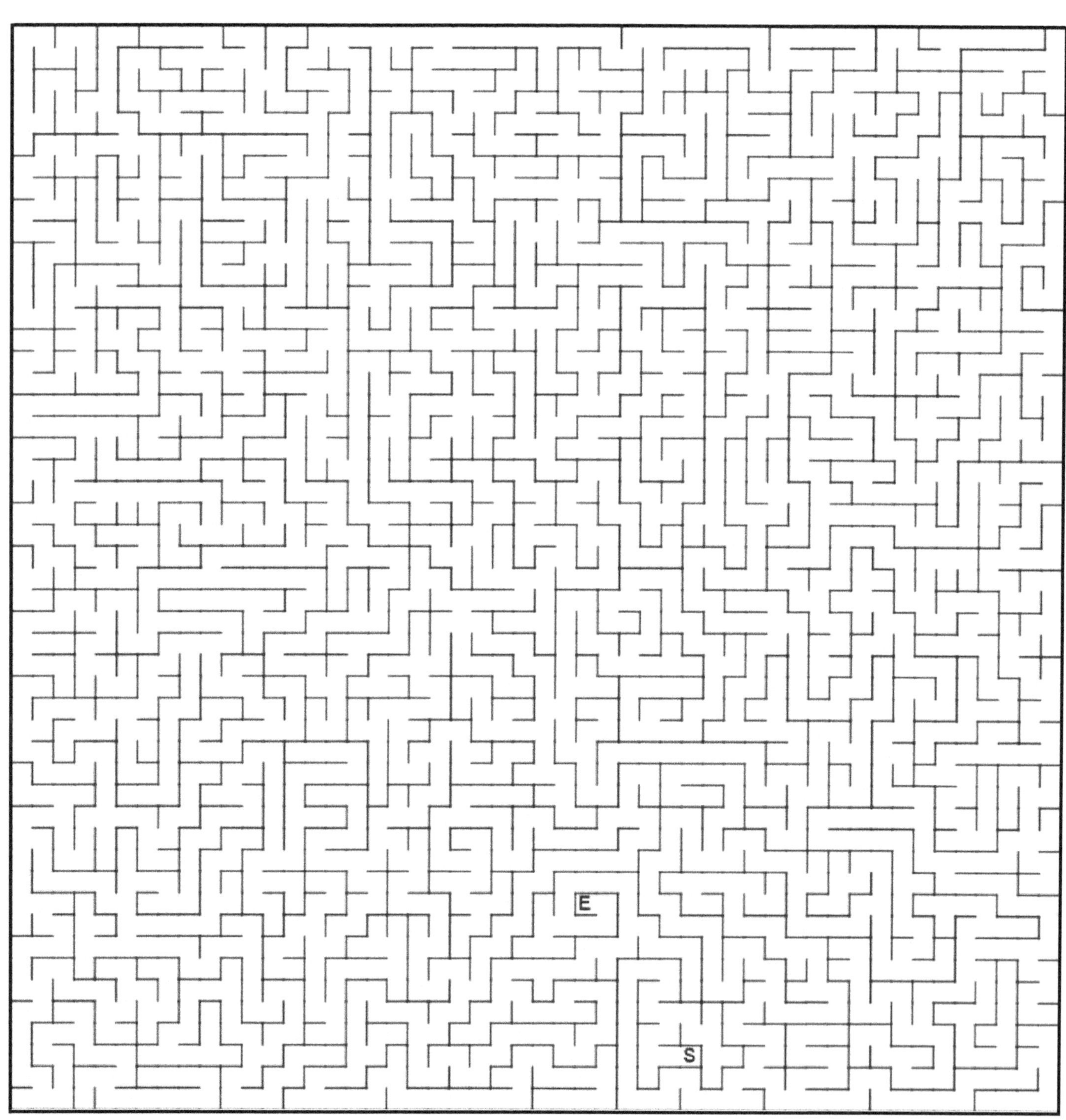

E
S

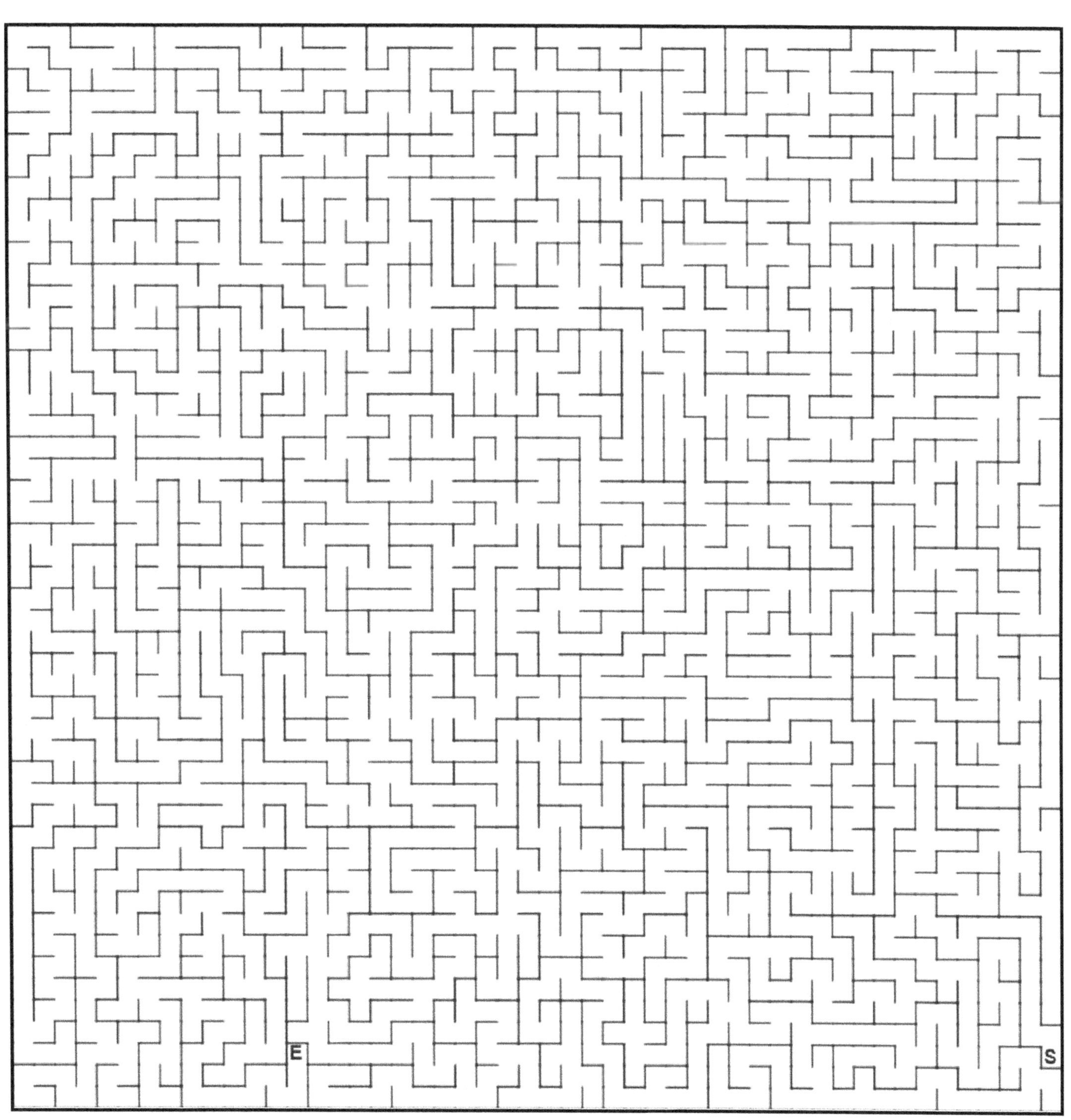

E
S

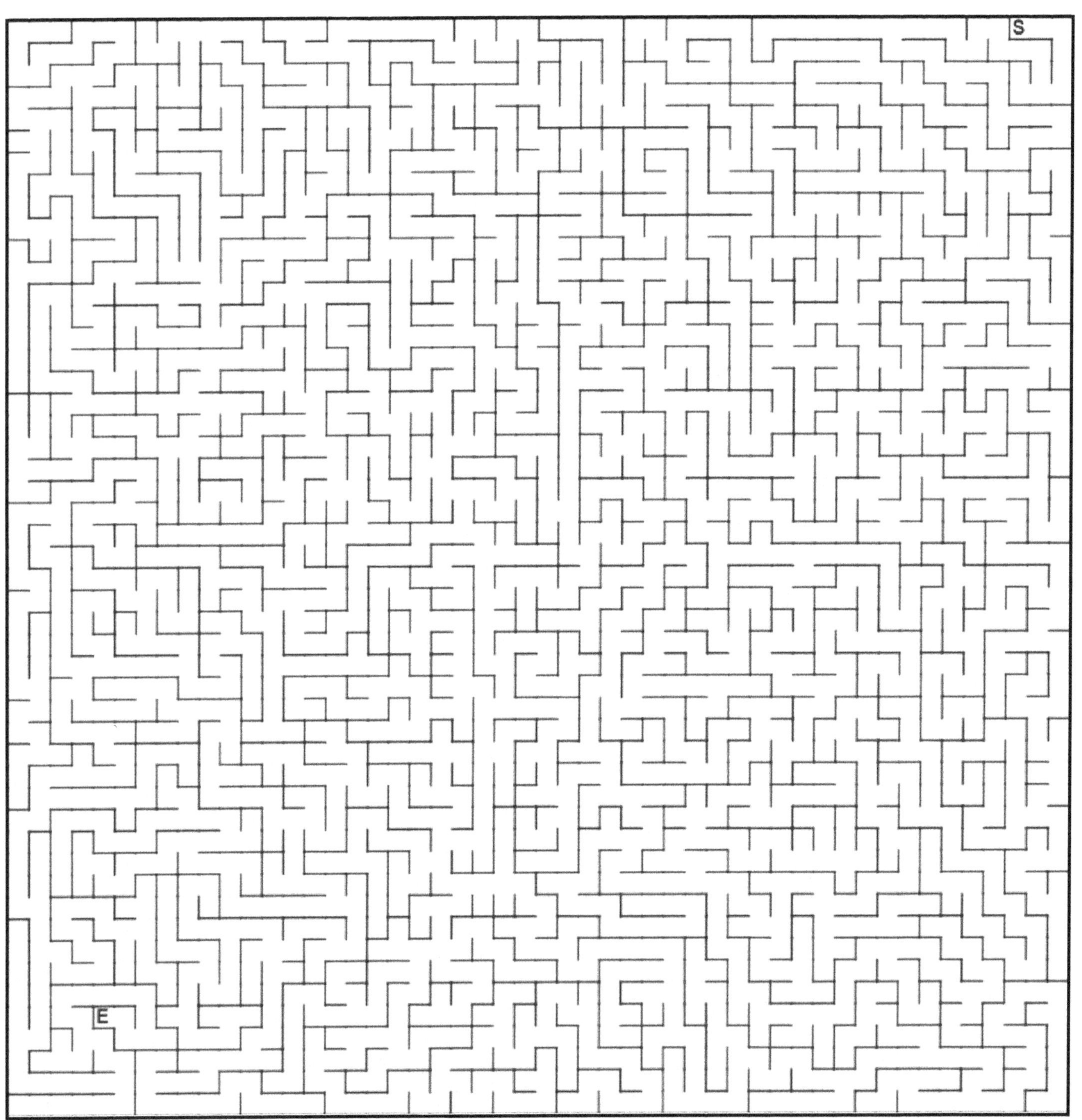

S
E

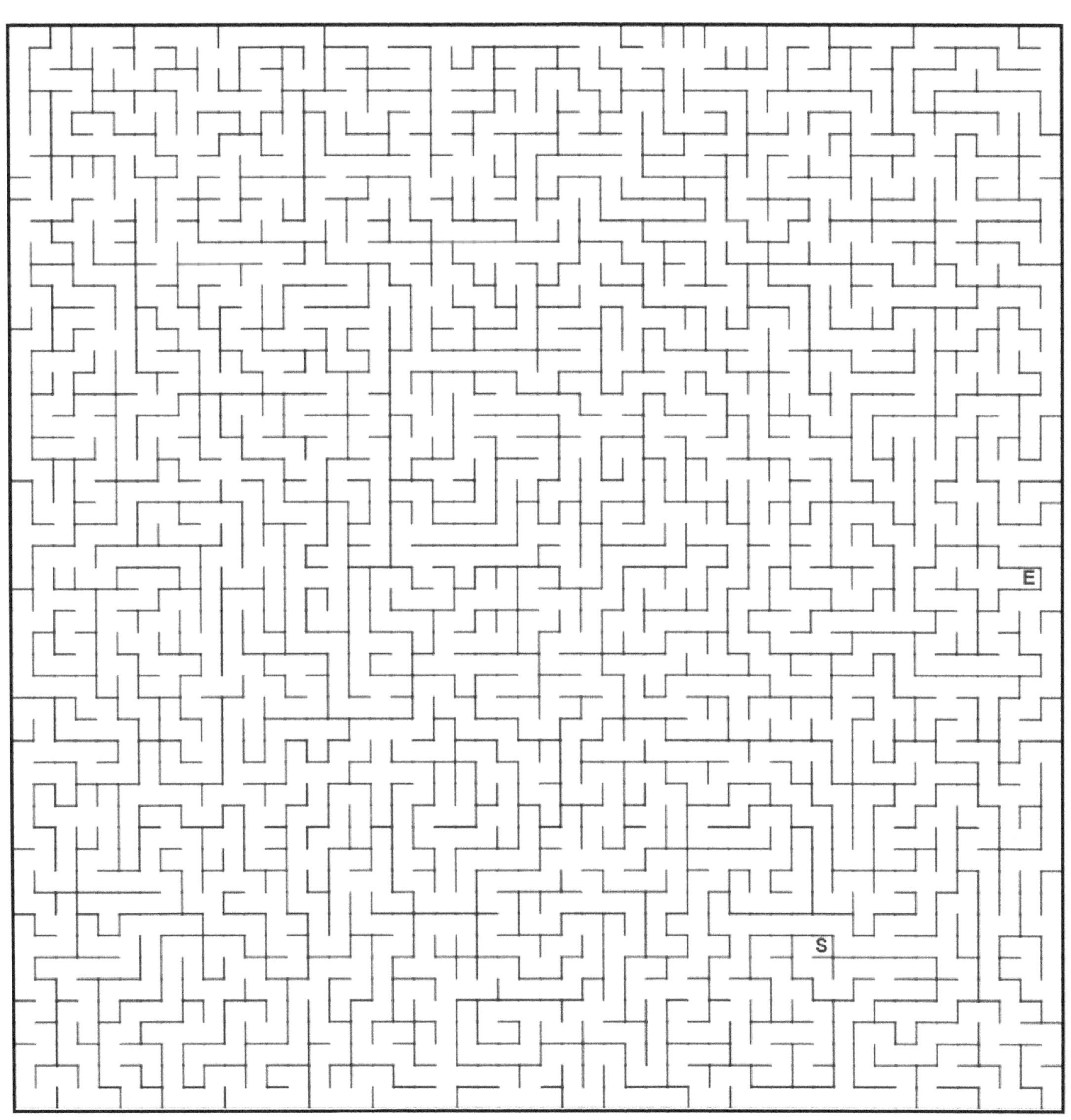

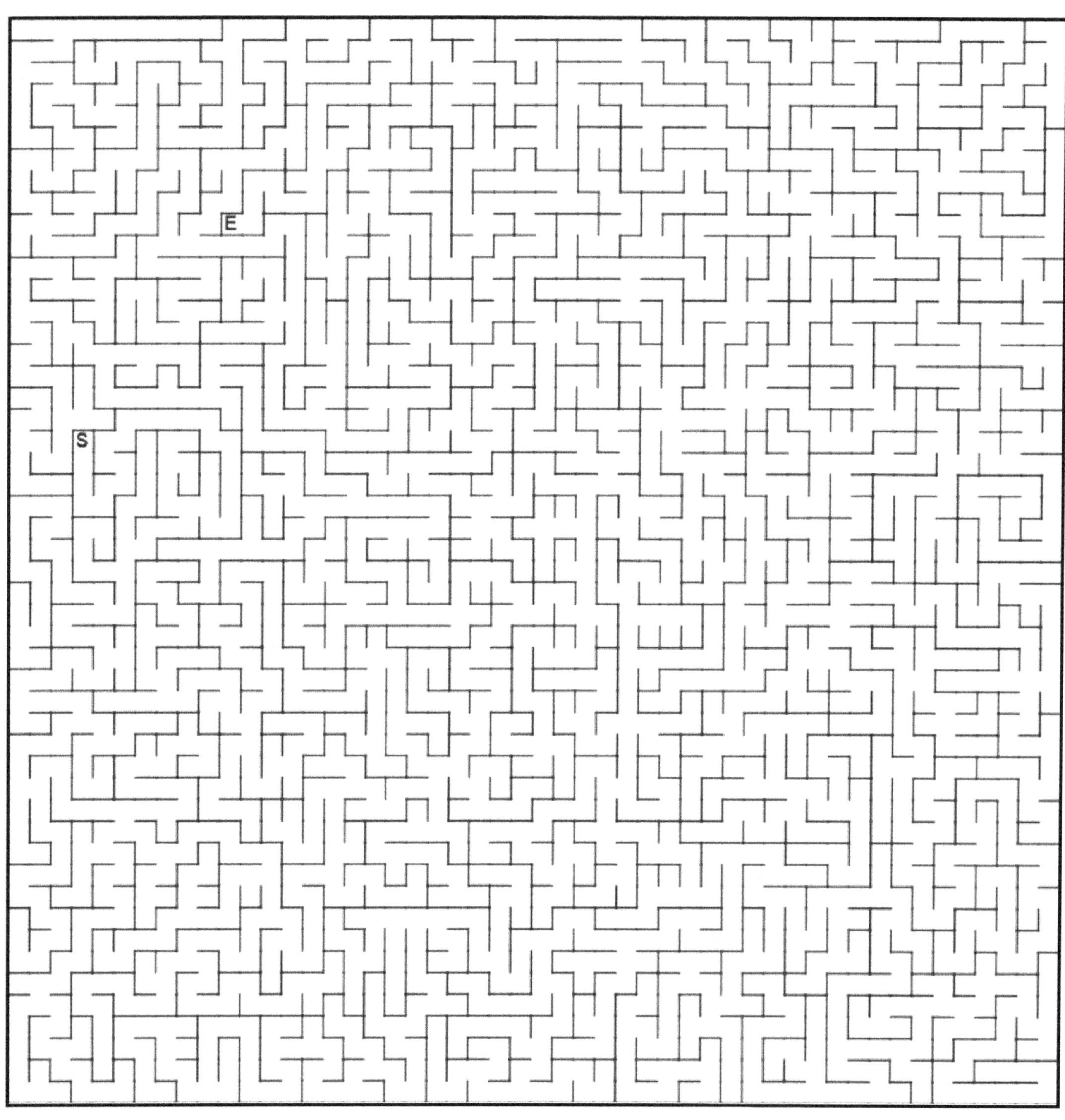
E
S

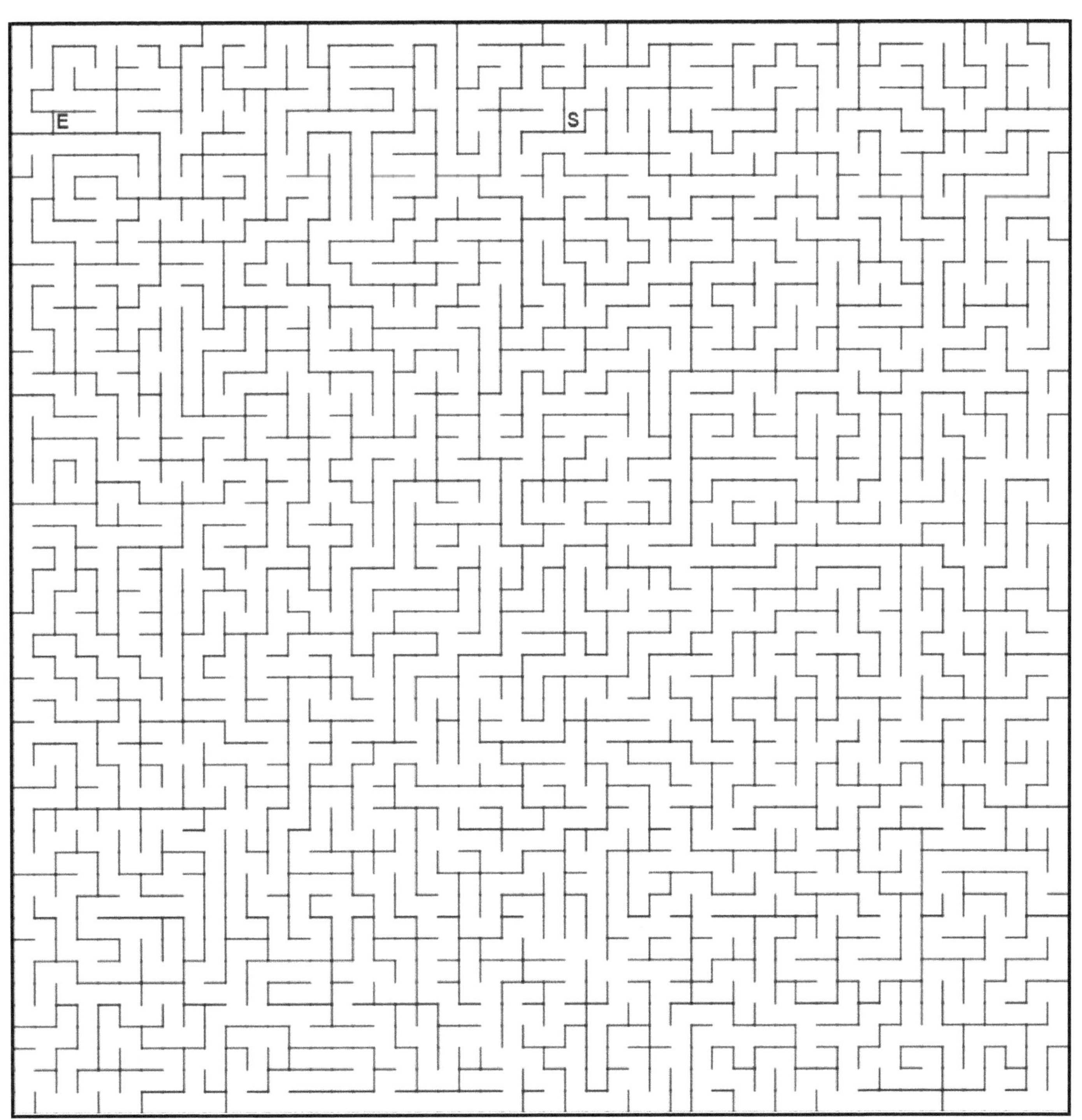

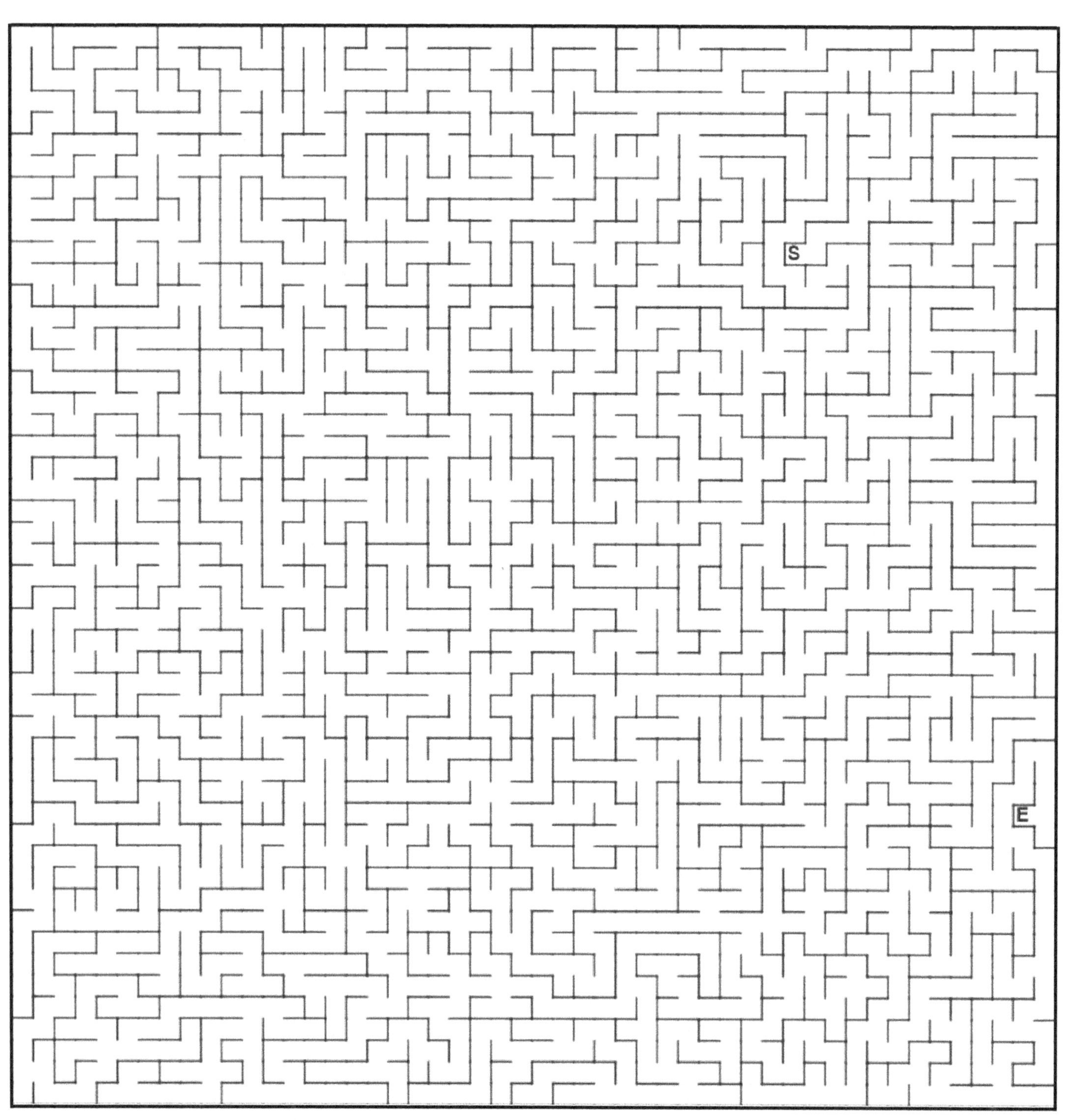

S
E

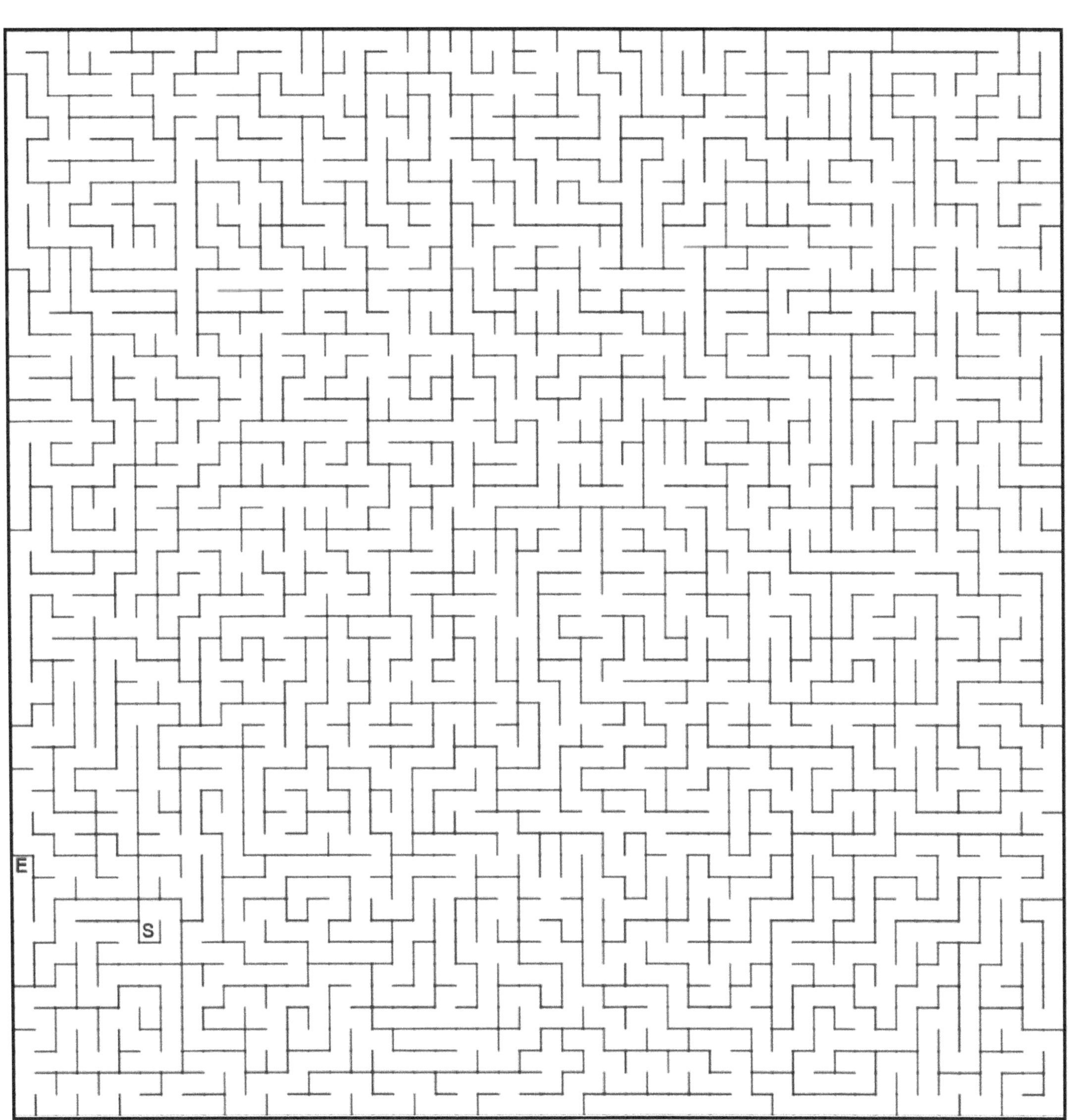
E
S

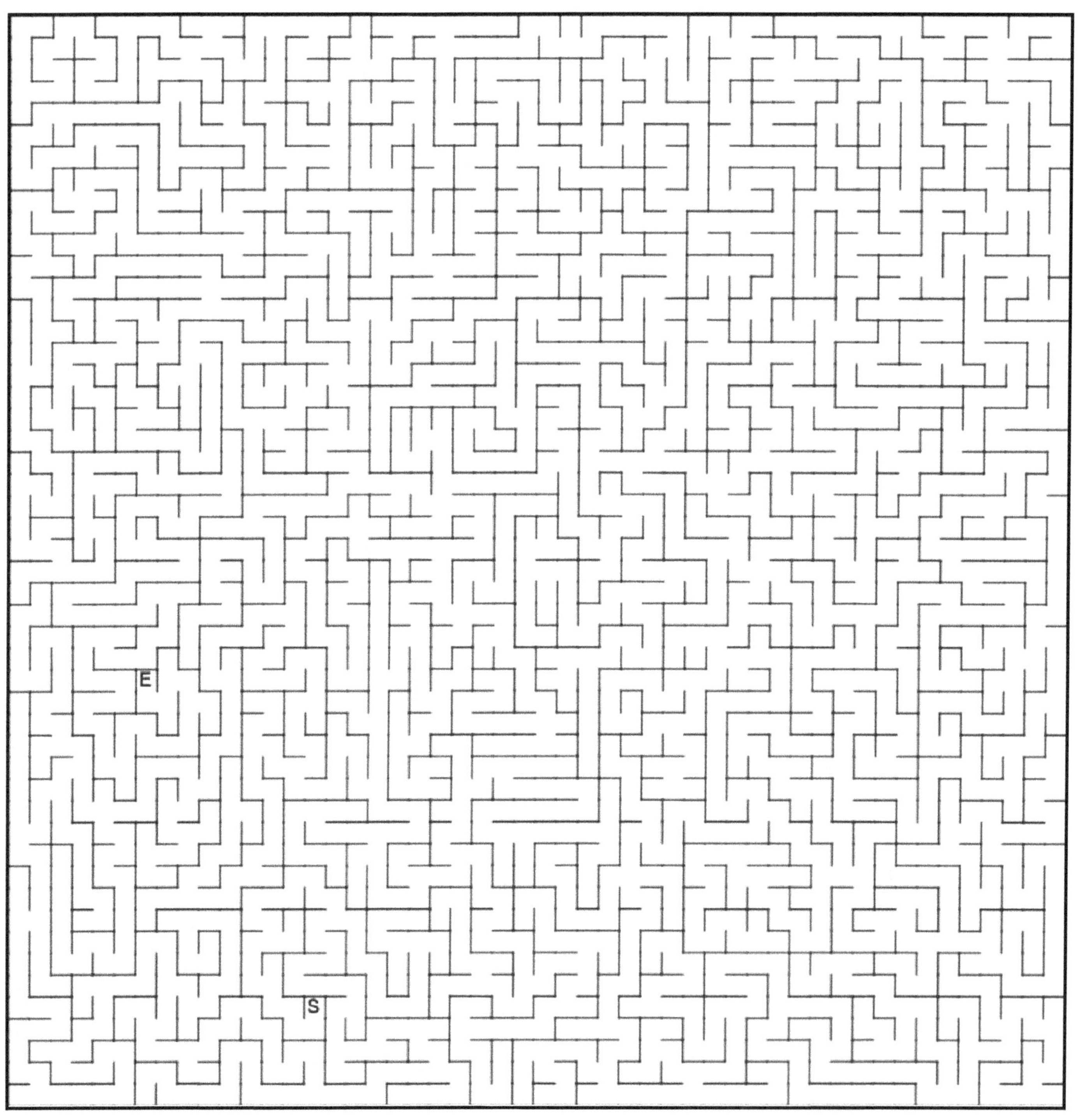

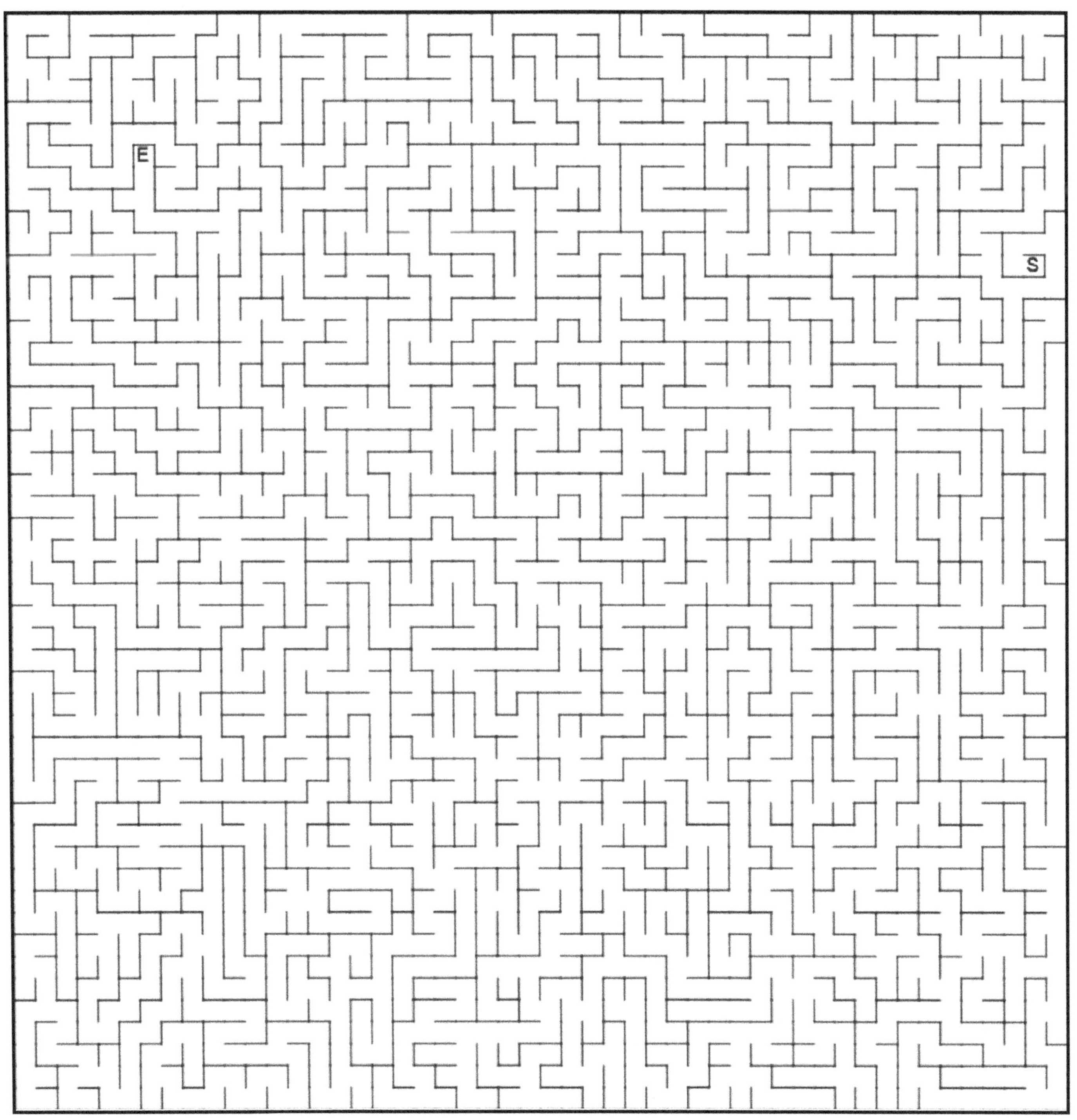

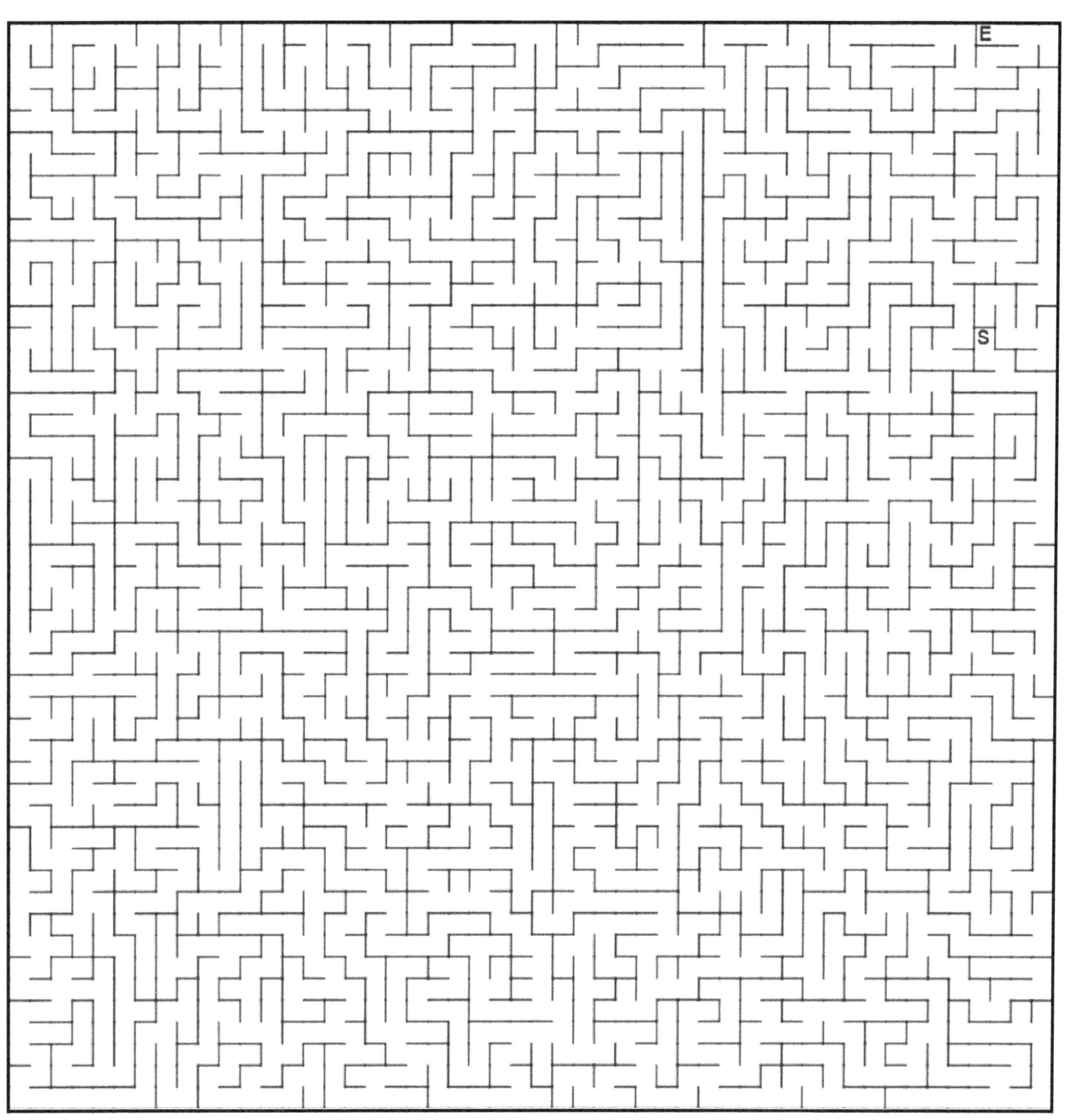